POÉSIES

DE

JACQUES TAHUREAU

TOME II

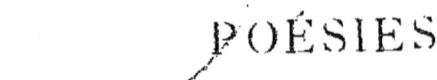

SONNETS. ODES ET MIGNARDISES

PARIS

Cabinet du Bibliophile

M DCCC LXX

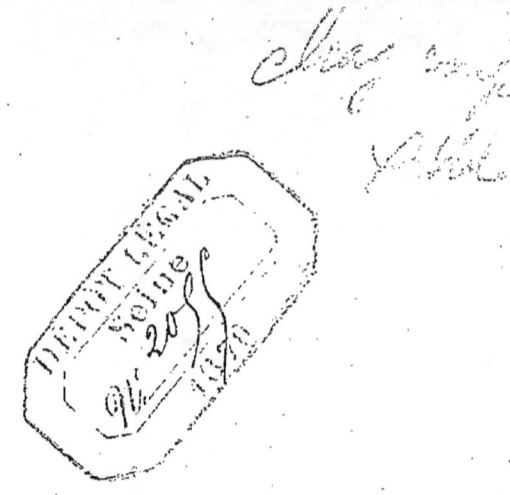

POESIES DE TAHUREAU

—

TOME II

SONNETS, ODES ET MIGNARDISES

———

CABINET DU BIBLIOPHILE

Nᵒ IX

TIRAGE.

3 exemplaires sur parchemin (n°s 1 à 3).
15 » sur papier de Chine (n°s 4 à 18).
15 » sur papier Wathman (n°s 19 à 33).
300 » sur papier vergé (n°s 34 à 333).

333 exemplaires.

N^o

POÉSIES

DE

JAQUES TAHUREAU

PUBLIÉES PAR

PROSPER BLANCHEMAIN

TOME II

SONNETS, ODES ET MIGNARDISES

PARIS

LIBRAIRIE DES BIBLIOPHILES

RUE SAINT-HONORÉ, 338

—

M DCCC LXX

AVERTISSEMENT

Au début de la publication de notre *Cabinet du bibliophile*, notre projet était
de faire des poëtes les moins connus
du XVIᵉ et du XVIIᵉ siècle une des
branches principales de cette collection.

L'empressement avec lequel les amateurs ont
accueilli la *Puce de Madame Desroches* et les *Satires
de Dullorens* nous a engagé à persévérer dans la voie
où nous étions entré. Nous continuons donc par
la réimpression des poésies de Tahureau, qui seront suivies de celles de Courval Sonnet, de Gilles
Durant, de Vauquelin de la Fresnaye, de Marie de
Romieu, et de tous les autres poëtes dont la publication nous paraîtra vraiment intéressante pour
l'histoire de la littérature.

Les œuvres poétiques de Tahureau formeront
deux volumes. C'est le tome II que nous donnons
aujourd'hui ; il contient les *Sonnets, Odes et Mignardises*. Nous avons adopté, pour notre réimpression,
la première édition, celle de 1554. Nous l'avons

fait suivre de l'*Oraison au roy de la grandeur et de l'excellence de la langue françoyse, accompagnée de poésies diverses.*

Nous aurons donné ainsi une édition complète des œuvres de Tahureau.

Le tome Ier, qui va paraître prochainement, comprendra les *Premières Poésies* (éd. de 1554). Elles seront accompagnées d'une notice sur Tahureau par M. Prosper Blanchemain, et d'une table alphabétique des personnages nommés dans les deux volumes.

L'intérêt qui ne peut manquer de s'attacher au gracieux poëte du Mans, victime, comme tant d'autres, du plus injuste oubli; la compétence et l'érudition du bibliophile qui a bien voulu se charger du travail de l'édition; le soin constant que nous mettons à satisfaire les amateurs au double point de vue du choix des publications et du luxe typographique, tout nous fait espérer pour ce nouveau volume l'accueil qu'on a fait à ses devanciers.

D. JOUAUST.

SONNETZ, ODES, ET MIGNARDISES AMOV-REVSES DE L'ADMIREE,

par le mesme Autheur

Auec priuilege du Roy.

A POITIERS,

Chez les de Marnefs et Bouchetz freres.

1 5 5 4

Par Privilege du Roy donné à Jan et Enguilbert de Marnef, il est permis d'imprimer et vendre ce present livre intitulé : Sonketz, Odes et Mignardises de l'Admirée, *et defence à tous autres de non en vendre ne imprimer autres que ceux imprimez par lesditz de Marnefs jusques au temps de cinq ans à compter du temps qu'ils seront parachevez d'imprimer, soubz les peines contenues par les lettres sur ce faictes et données à Escouan le VII de mars M.D.XLVII. Par le Roy, maistre Françoys de Connan, maistre des Requestes de l'hostel present, signées Coëffier, et seellées du grand seel sur simple queuë.*

Εἰς τὴν θαυμασίαν καὶ τον τῆς
θαυμασίας ποιητὴν.

Θαυμασίη γλαυκῶπι, καὶ οὐλοκάρηνε ποιητὰ
Θαυμασίης, ἄμφω Κύπριδος ὄσσε φίλω,
ἄμφω καὶ μούσαις πεφιλημένω, ἄμφω ἐρήβω,
ἄμφω ὁμηλικίην καινυμένω χάριτιν,
ζῆτε φίλω, καὶ πάμπαν ὁμόφρονα θυμὸν ἔχοντε,
μουσῶν καὶ Κύπριδος δῶρα καλὰ δρέπετε.
Ἰα. Ἀντώ. Βαϊγίου.

A L'ADMIRÉE ET A SON POETE

De bel ami belle amie, Admirée,
　　De belle amie ami beau, toy heureux;
　　Heureuse toy, l'un de l'autre amoureux,
Les yeux aimez tous deux de Cytherée;
Tous deux aimez de la Muse adorée,
　　Tous deux mignardz et tous deux vigoureux,
　　Tous deux d'amour doucement langoureux,
　　Tous deux l'honneur de nostre age honorée;
O couple heureux de Venus avoué,
　　O couple sainct à la Muse voué,
　　Couple entr'aimé, bel amant, belle amante,

Vivez amis d'un doux lien tenuz,
  Et de la Muse ensemble et de Venus
  Cueillez la fleur à jamais fleurissante !

                    J. ANT. DE BAÏF.

A LA MUSE DE P. DE RONSARD.

Muse qui as, d'une prodigue voix,
  Instruit au Luc nostre docte Terpandre,
  Pour entonner l'honneur de sa Cassandre
  Aux calmes bordz du fleuve Vandomoys,
De bien sonner vien m'aprendre les loix,
  Du croc rouillé vien ma lire dépandre,
  Et m'enseigner comme il en faut épandre
  Le son aux prez, aux rivages, aux bois.
En ton honneur, divine pucelette,
  Engazonnant d'une herbe verdelette
  Un saint autel entre troys clers ruisseaux,
Et là troys fois t'invoquant, troys foys grande,
  Je te feray par troys foys mon offrande,
  De laict, fruitz, miel, en troys polis vaisseaux.

SONNETZ, ODES

ET

MIGNARDISES AMOUREUSES

DE L'ADMIRÉE

SONNETZ

I

 e n'est pas moy qui veut, d'un feint ouvrage,
    Par mille vers farder sa passion,
    Ou en flattant plaire à l'affection
De l'amoureux inconstant et volage ;
Ce n'est pas moy qui, surpris d'une rage,
    Trouble, insensé, de sa conception
    Le vif dessein, ny dont l'intention
Est de se perdre en un si doux naufrage.

Ce n'est pas moy qui tâche de complaire,
    Ployant au vent du leger populaire,
    Ne qui s'en veut de trop loing retirer.
Mais bien je vueil, sans contraindre ma lire,
    Chantant l'honneur de celle que j'admire,
    Qu'en l'admirant l'on me puisse admirer.

II

L'esprit divin de Cassandre honoré
    Du Vandomoys en sa flâme divine,
    Et l'Olivier par la main Angevine
    De mille fleurs dextrement coloré ;
Celuy qui ha tout le plus doux tiré
    De l'Elicon emmiellant sa Méline,
    Et cettuy là qui, en errant, affine
    Un docte écrit, du bien enamouré ;
Desja, desja, me coupant tout passage,
    Sans pouvoir plus reverdir mon courage,
    Ton nom rendoyent sans fleurs avant-fani ;
Mais, en lisant sur le beau de ta face,
    Tu me fais dire (ô bien heureuse audace !)
    Qu'on ne pourra le voyr jamais terni...

III

C'ettuicy veut de ses braves ayeux
    Vanter la gloire et antique noblesse,
    L'autre se forme en la luitte une adresse,
    Se contr'huillant au croc laborieux.
L'un de l'honneur se geinne, ambicieux,
    Et cettuylà, tourmenté de richesse,
    Fendant les mers, dégourdist la paresse ;
    L'autre au contraire est tousjours ocieux.
Quant est de moy, plus brave, je desire
    Par ung fredon bien touché sus ma lire
    Au rang des tiens hautement parvenir.
Que si un coup aux nombres de ma rime
    De mes accords je te voy faire estime,
    Tu me feras d'homme un Dieu devenir.

IV

Contre le temps je te veux maçonner,
    O ma Pallas, un bâtiment en France,
    Non pas d'airain en la fraille apparence,
    Dont les Romains t'avoyent voulu borner ;
Je t'en veux bien un autre façonner

De telle étoffe, encontre l'ignorance,
 Qu'on ne pourra le voyr en decadance,
 Ny par la faux des vieux ans moissonner.
Tu serviras desormais, en ce temple,
 A tous amantz d'un immortel exemple,
 Pour eviter le vol Icarien.
Ilz y verront que l'amour qui affole
 M'ha sagement aux piedz de ton idole
 Voulu tuer, pour revivre en mon bien.

V

Pardonne moy, mon Ronsard, si j'estime
 Plus que Venus ma Pallas aux yeux verdz,
 Et si mon Luc, bruyant d'accordz divers,
 En son honneur tant seulement j'anime.
Si cet amour, qui si friand me lime,
 T'avoit tasté du sugect de mes vers,
 Je suis certain que par tout l'univers
 Il flamberoit en l'ardeur de ta rime.
Ne le voy point, ô mon divin Ronsard,
 Car je craindroy que ce doux feu qui m'ard
 Ne chatouillast si fort ta fantasie
Que les deux cueurs de Cassandre et de moy

En un moment n'en prissent dessus toy
Une contraire et mesme jalouzie.

VI

Ce fut le jour qu'à ce Dieu deux-fois né
    Maint vineux vœu s'épand en plaine tasse,
    Et que le bal en voltes s'entrelasse
    De son troupeau lassif environné;
Ce fut le jour aux festins ordonné,
    Ce grand Mardy, qu'une Angelique face
    M'outreperça des rayons de sa grace,
    Et qu'à ses yeux en proye fuz donné.
Bien me souvient qu'au jeu de mommerie,
    Ce mesme jour, m'adressant à mamie,
    Le det me fist de son gage vainqueur;
Mais je ne sçay à quel jeu se peut estre
    Que par son œil à gaigner tant adestre
    El' demeura maitresse de mon cueur.

VII

J'acompagnoys au serein ma maitresse,
    Qui çà et là par les champs traversant,
    Et les haliers dispostement perçant,

Suyvoit des chiens la tost-courante presse.
Ne cherchez plus au ciel vostre Deesse,
    Vous qui à cry et cor allez chassant,
    C'est cettecy, qui va mesme effaçant
    D'un teint plus cler la Vierge chasseresse.
Je le sçay bien, car aux raiz de sa vue
    Je vy Diane à l'abry d'une nue
    Honteusement tapir son front cornu ;
Et ce pendant mainte beste sauvage,
    Plains, montz, forestz, rendre à ma Nimphe homage,
    Ayans son œil pour maistre reconnu.

VIII

Mimalion, surpris de mesme rage
    Que je sens or dedans moy languissant,
    Suyvoit transy, d'un pied viste et puissant,
    Son Atalante en main toffu passage ;
Ores époint en son ame peu sage,
    Palle d'effroy, d'horreur se herissant,
    Sailloit d'un antre en mousse verdissant
    Pour la resuivre en l'épineux boccage.
Tant à la fin l'amant se hazarda
    Que d'un brandon pareil Amour darda
    Le chaste cueur de la Vierge fuyarde ;

Mais ce meurtrier n'avise les douleurs
   Où je m'élance entre tant de malheurs,
   Et si d'espoir un seul trait ne me garde.

IX

Le jour poignoit en une obscure nuit,
   Quand l'œil meurtrier qui me rendra ma vie
   Me contraignit de gré l'ame ravie,
   Pour l'égarer au fort qui me conduit;
J'estoy tranquille, environné du bruit
   Dont me rongeoit cette mort qui m'avie;
   Insatiable en pensée assouvie,
   Je poursuivoy le malheur qui me fuit.
Ainsi j'alloys troublé d'amour transie,
   Quand Apollon, le prime en profetie,
   En ces troys vers mon destin profera :
« O pauvre amant touché d'amour extresme !
   Tu aymeras celle plus que toy-mesme
   Dont la rigueur trop dure n'aymera. »

X

L'an quatorziesme à peine commençoit
   A me pousser hors de l'enfance tendre,

Quand ton œillade esclave me fist rendre
De ce bel œil qui le mien caressoit.
De prime-face en mon cueur s'avançoit
Doucettement l'amour qui me vient prendre ;
Mais, ha, pauvret ! je ne pouvois entendre
Le mal qu'après ce traistre me brassoit.
Qui me causoit toute ceste ignorance,
Qu'un faux plaisir, en trompeuse apparence,
Allors voilé d'un foible jugement ?
Mais, las ! faut-il que pour estre trop sage
Maintenant j'aye une si forte rage,
Perdant le bien d'un jeune affolement !

XI

En quel fleuve areneux jaunement s'écouloit
L'or qui blondist si bien les cheveux de madame ?
Et du brillant éclat de sa jumelle flâme,
Tout astre surpassant, quel haut ciel s'emperloit ?
Mais quelle riche mer le coral receloit
De cette belle levre, où mon desir s'affame ?
Mais en quel beau jardin la rose qui donne ame
A ce teint vermeillet au matin s'étaloit ?
Quel blanc rocher de Pare, en ettofe marbrine
Ha tant bien montagné cette plaine divine ?

Quel parfum de Sabée ha produit son odeur?
O trop heureux le fleuve, heureux ciel, mer heureuse,
Le jardin, le rocher, la Sabée odoreuse,
Qui nous ont enlustré le beau de son honneur!

XII

Peintres, laissez, laissez vostre entreprise,
　　Si vous avez tant soit peu de raison :
　　Lequel de vous me peindroit la toison
　　Qui jusqu'aux piedz tant blondement se frise?
Qui me peindroit la douce mignardise
　　De ces beaux yeux, l'apast de ma poison?
　　Quel teinct rosin feroit comparaison
　　A ceste bouche, où tant d'odeurs j'épuise?
Bien qu'un Appelle, ou un autre Eufranor,
　　Zeuze, Parrhase, ou un Timante encor,
　　Peussent revivre et voyr mon Angelette,
Si ne pourroit leur blandissant pinceau
　　Representer au vif, dans un tableau,
　　De son beau corps la moindre veinelette.

XIII

Mainte Nayade au serein se promeine,

Razant les bordz que Loyre va léchant,
    Par maint soupir, par maint amoureux chant,
    Dardant au ciel sa douçamere peine.
Mais quand un coup ma guerriere inhumaine
    Y va les traictz de son arc décochant,
    Châcune allors, sans lustre, se cachant,
    Fléchist dessoubz sa beauté plusqu'humaine.
L'ont voit ainsi, d'un matinal retour,
    Ce beau Soleil nous r'allumant le jour,
    Dérayonner le beau des corps celestes :
Aussi, venant l'écler de mon Soleil,
    Soudain il tue, encor d'un plus bel œil,
    Des plus beaux yeux les graces manifestes.

XIV

Je me plaignoy des beaux yeux de ma Dame,
    De son beau front, de son vouté sourcy,
    De son beau teint, de son beau poil aussi,
    Qui dans ses neudz emprisonne mon ame ;
Je me plaignoy de son ris qui m'enflame,
    Puis de son cueur felon et sans mercy,
    Qui plus se monstre à mon mal endurcy
    Quand plus je fondz en l'amoureuse flâme.
Et voicy lors Venus qui me vint dire :

« Ne sens tu pas l'heur d'un si doux martire
    Par la beauté des beautez la premiere?
Puis tu te plains d'en estre langoureux !
    Mon enfant mesme en seroit amoureux,
    S'il n'estoit point privé de la lumiere. »

XV

Dames de Tours, si onq en vostre cueur
    Entra d'Amour la poignante estincelle,
    Voyez, helas! la cruauté de celle
    Qui se repaist et baigne en ma langueur.
Je suys certain que, voyant la rigueur
    Dont elle est tant à sa moytié rebelle,
    La bannirez du nom de Tourangelle,
    Nom qui ne sent rien moins qu'une ranqueur.
Mais, mais voyez, que dis-je! ô grand blaspheme!
    Voudriez vous bien cette beauté extresme
    Desestimer digne de vostre nom,
Cœlle sans qui l'honneur de vostre ville,
    Veuf de son loz, languiroit inutile,
    Et orphelin de son plus haut renom?

XVI

O malheureux et deceu que je suis!
  Je veux hausser la grandeur qui m'abîme,
  Je veux louer ce qui me desestime,
  Je me fay fort de ce que je ne puys.
Je me console au plus de mes ennuys,
  Et dans mes vers tant seulement j'anime
  Un seul obget, qui tout me desanime;
  Les jours plus clers me sont obscures nuitz.
O vous amantz, si ma brullante plume,
  Un feu pareil au mien ne vous allume,
  Voyez, voyez l'Amour qui m'est si fier;
Et si je n'ay d'un vray amant la grace,
  A tout le moins donnez moy cette place,
  Qu'en tout malheur je soys dit le premier!

XVII

Comme tout seul je plaignoy mes douleurs
  Dans un jardin, voicy mon Angelette
  Qui près de moy secrettement seulette
  Se vint baisser pour y cueillir des fleurs.
Je ne pensoy rien allors qu'en mes pleurs

Qui rousoyoient desja dessus l'herbette,
Et, lamentant d'une chanson aigrette,
Je ne sonnoy que de fieres rigueurs,
Quand j'avisay ma Nymphe à l'impourveue,
  Qui, détournant dessus mes yeux sa veue,
  Se redressa d'un mignard mouvement.
Mais, mais, hé! dieu! par l'amour qui m'affole,
  Je perdy lors contenance et parole,
  D'un flanc esmeu sanglottant vainement.

XVIII

T'u m'as cent foys fait prendre la guiterre
  Pour t'esjouir de mes vistes chansons,
  Tu t'es cent foys baignée aux tristes sons
  Dont j'animoy mon amoureuse guerre.
O cueur trop fier, qui fierement m'enferre!
  O froidz espriz, trop plus froidz que glaçons!
  Cruelz pensers, qui en mille façons
  Cruellement tenez mon ame en serre!
Las! tu veux bien tirer du passetemps
  De ton esclave, ai! ai! mais tu n'entendz
  Par ses soupirs le mal qui plus le presse :
Adouci donq, adouci donq un peu

Ce doux-amer, ce doux trahissant feu,
Et je diray tes douceurs, ma Deesse.

XIX

Souvent tu fais de mes vers la lecture,
 Où tu ne voys que mon amour dépeint,
 Et toutefoys, estimant qu'il soit feint,
 De plus en plus tu m'en gennes plus dure.
Ce seroit peu de voyr en écriture
 Le dur tourment de mon martire empraint,
 S'il ne m'estoit au visage mieux paint,
 Tesmoin loyal du soucy que j'endure.
Tu le sçais bien, tu le sçais bien aussi;
 Mais ta fierté ne veut avoyr mercy
 De ma douleur cruellement extresme.
Comme auras tu, ma Nimphette, pitié
 D'un étranger qui te porte amityé,
 Quand tu ne l'as seulement de toy-mesme?

XX

Te pourroit bien quelque feint amoureux
 Avoir deçeuë (ô trop étrange vice!)
 Dissimulant de t'offrir son service,

Et pour t'amour vivre tout langoureux?
Auroit il bien esté si malheureux,
　　En ton endroit, de faire comme Ulisse,
　　Qui, pour jouyr de Calipson trop nice,
　　Par son peril se feignoit estre heureux?
T'auroit il point, Madame, ainsi trompée?
　　T'auroit il point fait ainsi qu'à Medée
　　Fist ce Jason, desloyal étranger?
Si le Méchant t'avoit fait telle offense,
　　O dieux! ô dieux! qu'en peut mon innocence,
　　Dont tu te veux à trop grand tort venger?

XXI

Ill est tout vray, certes je le confesse,
　　Que les espriz, ains que d'entrer au corpz,
　　Ont eu ensemble au Ciel quelques accordz,
　　Se soulassans de divine liesse;
Car, aussi tost qu'icy bas ma maitresse
　　Je recongneu, mon esprit fut recors
　　L'y avoir veuë, et, de moy saillant hors,
　　Retourna voyr le beau de sa Deesse;
Mais, ô esprit, esprit trop curieux,
　　Que ne t'es tu au noyr fleuve oublieux
　　Noyé, ainçoys qu'avoyr telle memoyre?

Ne vois tu pas comme les sens perclus
    De tes amours ne te cognoissent plus,
    Bien que tu soys les r'animant de gloire?

XXII

Si pour n'avoyr aucune jouyssance
    De ses amours fierement animez,
    Et si pour estre absent des lieux aimez,
    Et de voz yeux, d'une si longue absence;
Si pour n'avoyr un seul point d'esperance
    De voyr jamais ses ennuiz terminez,
    Et si pour voyr mille maux assinez
    En son malheur, pour toute recompense;
Si tout cela pouvoit faire amortir
    Le feu d'amour, ou bien le divertir,
    Le détournant d'un enflâmé courage,
Long temps y ha que ce brazier cuisant,
    Qui me va tout jusqu'aux os épuisant,
    M'eust refraichi, ou privé de sa rage.

XXIII

Ne suis-je heureux d'autorizer mes vers
    De l'œil si beau d'une dame si belle,

De l'apaiser de la douce querelle
　De mes écriz paisiblement divers ;
Elle qui ja d'un rond de Lauriers verdz
　M'empanâchant, rend ma teste immortelle,
　Elle qui est l'inique Tourangelle,
　Mais bien unique en ce grand univers ;
Elle qui tient les Muses et Carites,
　Et qui surpasse en grandeur de merites
　Tout le plus beau des plus belles beautez.
Moy trop heureux si cette face d'Ange,
　Si ce beau front avoyt, d'un contréchange,
　Pris les douceurs au lieu des cruautez !

XXIV

Je suis de toy si âprement jaloux
　Que, si tu prens le frais en un boccage,
　Je doubte allors qu'un Chevrepié sauvage
　T'aille enrettant au filé de ses noudz.
Tout ce qui est et dessus et dessoubz
　Ce gentil corps, mesmement son ombrage,
　Ne peut donner promptement cette rage
　Que comme moy ne brusle d'un feu doux !
Sii j'aperçoy ta sœur ou autre dame
　Avecques toy, alors s'acroist ma flâme,

Craignant de voir quelque amant deguisé.
Dy moy, Baïf, je t'adjure par celle
   Qui doucement embrase ta moëlle,
   S'ainsi que moy tu es martirisé?

XXV

Comment es tu contre ton serviteur,
   Par ta colere, aigrement enflamée?
   Comment es tu contre luy animée,
   Qui jusqu'aux Dieux envoye ton honneur?
Luy qui n'ha point le comble de son heur
   S'il ne te voyt en tous lieux estimée,
   Luy qui ne bruit que de ta renommée?
   Et tu luy vas pourchassant ce malheur !
Tu es, Amour, Dieu de la paix heureuse;
   Nous adorons cette paix amoureuse
   Tous qui marchons soubz toy, paisible Enfant.
Ren moy, mon Dieu, ren ma Nymphe ployable,
   Ren me la donq par ta paix amyable,
   De sa rigueur doucement triumphant.

XXVI

Contre le choq de l'Enfant qui m'entâme,

Me foudroyant et l'esprit et le corps,
J'avoys empris pour les braves effortz
Du Dieu guerrier rompre toute sa flâme.
Mais, las, helas! ce n'est ainsi que l'ame
De sa fureur met la rage dehors :
Plus on le fuit, plus courageux allors,
D'un feu cruel les fuitifz il enflâme.
Que me servoit, en evitant ses dardz,
Avoir recours à cet horrible Mars,
Veu qu'il n'ha peu luy-mesme s'en deffendre?
O que soudain je mourroys de douleur
Si je n'avois compagnons en malheur
Mesmes les Dieux, qu'il fait d'en haut descendre!

XXVII

Elle est en toy la brave chasteté
Qui fait flamber le renom de Lucrece,
Et de Méline en toy est l'alegresse,
Et la splendeur de sa vifve beauté.
Elle est en toy cette divinité
Qui ton esprit Cassandrise en sagesse,
Et en toy est cette verdure épaisse
De l'Olivier, divinement chanté.
Il n'y ha rien de parfait en Nature

Qui pour t'orner n'ayt mis toute sa cure,
    Y prodiguant ses tresors les plus beaux.
Il n'y a rien en toy qui ne me plaise,
    Fors que toy, faite autre Laure, m'embraisɩ,
    Second Petrarque, en trop cruelz flambeaux.

XXVIII

Je paragonne à ta grandeur divine
    Ce brasselet, dont ton braz est lié :
    Il est tissu d'un fin or delié,
    Un or plus haut ton beau chef illumine ;
De tous costez une blancheur l'affine,
    Et par endroitz de noirceur meslié,
    Ton teint d'albâtre est plus blanc la moitié,
    Prenant son lustre en sa voute hebenine.
Quand je t'invoque il n'entend point mes criz,
    Tu fais la sourde aux plaintz de mes écriz ;
    Mais en trois pointz j'y congnoy difference :
Car il estreint ce qui me tient serré ;
    Il dore un braz dont je suis enferré ;
    Il ne peut rien, tu as toute puissance.

XXIX

Près est mon mal, loing je voy mon remede ;
  Je suis guery, sainement languissant ;
  Je me deteste, et me vas blandissant ;
  Tout est à moy, et rien je ne possede ;
En tenant bon, incontinent je cede ;
  J'acomply tout d'un pouvoir impuissant ;
  Je me tien ferme, au premier pas glissant ;
  Je suis le moindre, et tous autres j'excede.
Mais c'est grand cas qu'il ne faudroit qu'un point
  Pour alleger la douleur qui me poingt
  En tant et tant de playes inhumaines.
Curez moy donq ce desir trop hautain
  D'un appareil adoucy du certain,
  Et je vivray delivré de mes peines.

XXX

Je ne veux point, pour me vanger de toy,
  D'ongles pointuz te deschirer la face,
  Et si ne veux par une fole audace
  Dessus ton corps faire aucun desarroy.
Je n'entreprens pour ta parjure foy

4

Cruellement te trainer par la place :
Quelque vilain de trop mauvaise grace
Ces lourds debaz recherche, et non pas moy.
Mais je peindray d'une plume immortelle
Une trop fiere et dure Tourangelle,
Qui se nourrit de me voyr en douleur ;
Et, bien que peu te soit mon écriture,
Si t'en pourra quelquefoys la lecture
Faire changer de honte la couleur.

XXXI

Ce fier oiseau qui sus un haut rocher
Tourne son vol en œillade cruelle,
Et qui fondant d'une griffe bourelle
Vient le poumon sacrilege accrocher ;
Pour mieux au fond de l'ame me chercher,
Ce fin pipeur, m'endormant de son æsle,
Me chevala par les yeux de la belle,
Où je pensois un doux amour nicher.
Lors, me voyant amusé dans ce temple,
Dont les secrez encores je contemple,
Dessus mon cueur se rua sans pitié.
O faux tiran ! ô crime abhominable !

De se voiler d'une figure aymable,
Pour decevoyr soubz umbre d'amytié!

XXXII

Le ciel, le feu, les eaux, l'air et la terre,
    Tout animant, et mesmes les haux Dieux,
    Bref tout cela que le cercle des cieux
    Dedans le rond de tout ce monde enserre,
Encontre moy court, et recourt grand erre,
    D'amour, de rage et d'ire furieux,
    Et d'une peur trop jalouze envieux,
    Il dresse en vain contre soymesme guerre;
Mais je pardonne à cet amour extresme
    Qui me rend or bruslé de ce martire,
    Ores glacé d'une colere blesme,
Pour la faveur de celle que j'admire,
    Quand quelquefoys presque je me veux dire,
    Pour si grand bien, envieux de moy-mesme.

XXXIII

De ton mouchoir piqué de gent ouvrage
    Par ces chemins je m'alloys éventant;
    Ce me sembloit la fureur alentant

Du chaud Soleil, qui me dardoit sa rage ;
Mais, en pensant refraichir cet outrage
   De l'apre ardeur qui m'alloit tourmentant,
   Un feu plus vif de ce mouchoir sortant
   Me chaubouilloit col, et sein, et visage.
Si seulement ce que tu as touché
   D'un tel venin me rend ainsi taché,
   Venin qui faict qu'à petit feu je brulle,
Que doibs-je avoyr nu à nu te touchant,
   Fors un brazier plus vifvement tranchant
   Qu'onques ne fut la chemise d'Hercule ?

XXXIV

O que souvent, voyant l'unique beau
   De ton parfait, mon cueur soubhaite d'estre,
   Comme des Dieux le plus souverain maistre,
   Cygne, Satir, pluye d'or, blanc Toreau !
Combien de foys d'un bel Astre jumeau
   J'ay desiré de nous deux faire croistre
   Les feux d'enhaut, pour en faire aparoistre
   Par l'univers le celeste flambeau !
O Sainte ! ô Ange ! ô trop plus que divine !
   L'homme n'est point, l'homme n'est vrayment dine
   De te toucher, ny mesmes te servir :

Car il faudroit pour telle jouyssance
   Avoyr d'un Dieu la plus parfaite essence
   Et saintement jusqu'aux Cieux te ravir.

XXXV

Ce n'est plus moy qui croit à la puissance
   Du mouvement des astres ou des cieux,
   Car trop en vain j'ay esté curieux
   De l'ascendant fatal de ma naissance.
Cent foys trompeuse une telle science
   D'avoyr fondé le comble de mon mieux
   Dessus l'amour, quand, las! devant mes yeux
   Tout au rebours j'en voy l'experience.
Douze maisons, mais douze abus de l'art,
   Vous me trompez, tout branle par hazard!
   Traitres aspectz d'oroscope amyable,
En vain m'avez apasté d'un bon heur :
   Mon ascendant est en l'œil admirable
   De la beauté qui predit mon malheur.

XXXVI

Maint amy mien, voyant dans mes écriz
   Tant de travaux privez de recompense,

S'est efforcé, par mainte remonstrance,
   Hors d'avec toy distraire mes espriz.
Mais je suis tant par tes vertus épris
   Qu'à tout jamays durera ma constance,
   Et si nulle autre amoureuse puissance
   Pourra gaigner de mon ame le pris.
Quand vous devriez, ô Erinnes tragiques,
   M'époinçonner de vos brullantes piques,
   Quand je debvroy Sisiphe devenir,
Si resteray-je en ma ferme pensée :
   Aussi l'amour qui est bien commencée
   Ne se peut pas legerement bannir.

XXXVII

Me promenant, pensif de ma cruelle,
   Je vis en l'air un Millan tournoyant,
   Qui sans cesser voletoit guerroyant
   Une craintifve et simple Colombelle :
« Ha ! (di-je alors) l'humblesse est tousjours elle
   Que volontiers on la va foudroyant
   D'une fierté, qui plus va maistroyant
   Quand plus subjet on se rend dessoubz elle.
« J'en voy, j'en voy l'exemple dessus moy,
   Sentant d'amour la trop severe loy,

Qui va batant mon humble petitesse.
« Mais cet Amour me dit, d'autre costé,
Que c'est honneur d'estre ainsi surmonté
Par la grandeur d'une telle hautesse. »

XXXVIII

Je ne quiers point de ce grand Simonide
Le souvenir, et moins l'œil Lyncien :
Oublier tout, et n'apercevoyr rien,
D'ennuiz et pleurs me feroit estre vuyde.
N'est ce pas toy, souvenir, qui débride
Ce fol Amour ennemy de mon bien ?
A retracer tout ce mal ancien,
Œil trop agu, ne me sers tu de guide ?
Vive memoyre ! ô trop vive clarté !
Par vous je perdz ma franche liberté.
Mais que vaudroit or, me crevant la vue,
Tous mes pensers voiler d'un long oubly,
Quand mon esprit, d'erreurs ensevely,
Fait ja languir mes yeux soubz une nue ?

XXXIX

Vien t'en, Baïf, vien t'en avecques moy;

Delaisse là ton rivage de Seine,
Vien t'égayer près la Sarte du Meine,
Qui va bruyant lentement mon émoy.
Tu me verras soudain tapir tout coy
Dedans un antre, ou près d'une fontaine,
Et puys, traçant une roche hautaine,
Grimper amont de maint accrochant doy.
Tu me verras souvent la couleur pâle
Tost se ternir, tost retourner égale
A la clere aube empourprant son vermeil.
Tu me verras d'assurée inconstance,
En carolant par l'amoureuse dance,
Sonner des vers d'un haut air nompareil.

RESPONSE DE J. A. DE BAÏF

Il ne faut point, cher amy, que je laisse
Le bord de Seine, affin de mieux jouïr
Des doux accordz dont tu sçais réjouyr
Le Dieu de Sarte et des Nymphes la presse :
Presse je di, qui de testes épaisse
Par la saussaye ententive à t'ouïr,
Tant tu luy plais, s'oublie de fuïr
Des Chevrepiedz la flotte qui la presse.

Assez, assez ta Lire bruyt icy ;
   Assez de nous est congneu le soucy
   Que tu reçois pour ta belle Admirée,
Qui doit en bref, par ton double fredon
   Sonnant sa gloire, emplir tout de son nom,
   Non de toy seul, mais de tous admirée.

XL

CONTRERESPONSE A J. A. DE BAÏF

Heureux celuy qui, en sa chaude flâme,
   Hante un amant embrazé comme luy !
   Heureux, heureux l'homme qui, en ennuy,
   Dessus le sein d'un malheureux se pâme !
Mon Dieu, combien, en l'ardeur qui m'enflame,
   Je sentiroy mon esprit éjouy,
   Si tu avoys de ceste langue ouy,
   Croisant tes braz, les rigueurs de madame !
Ne pense point par ombre, ô mon Baïf,
   Ni par un mort imaginer le vif
   Que tu verras sortir de ma parolle.
Vien tost ! vien tost ! Non, non, retien tes pas :
   Aussi bien sen-je avancer mon trépas,
   Qui me roidist en une froide idole.

XLI

Brulle moy, fievre, et d'une âpre chaleur
   Tary l'humeur de ma séche mouëlle,
   Hume mon sang, et d'une ardeur cruelle
   Trançonne, pille et devore mon cueur ;
Mon teint vermeil décolore en palleur,
   Recuy ma gorge en soif continuelle,
   Et sans cesser lance moy la querelle
   Du froid, du chaud, bourreaux de ma douleur.
Dessus mon corps ta dent rongeante aguise,
   Tant que ta main hideuse me conduise
   Au bord fangeux du bâteau Stigïen.
Fay moy reduire en ma premiere terre,
   Et qu'en regrez et haux criz on m'enserre
   Dans le cercüeil orgueilleux de mon rien !

XLII

Aproche, mort, ça, ça, que je t'embrasse !
   Vien soulager mes languissans espriz,
   Vien terminer la frayeur de mes criz
   Et le malheur que cet enfant me brasse ;
Vien me guider en la celeste race,
   Vien m'œillader d'un blandissant soubzris,

Vien me donner des bienheureux le pris,
  Me separant de ce vil populace.
Ce n'est plus moy qui, d'un esprit mal sain,
  Va surnommant ton doux trait inhumain,
  Ce n'est plus moy qui t'appelle cruelle :
Accole moy, accole, mon desir,
  Et d'un baiser trompe mon déplaisir,
  O des beautez divines la plus belle !

XLIII

Muses, à Dieu, et vostre chant jazard !
  A dieu, Phœbus, et ma fiere Deesse !
  Livres, à dieu ; à dieu la tourbe épesse
  De mes amis ; à dieu tout jeu mignard !
A dieu, guiterre ; à dieu, Luc babillard,
  Toute harmonie et tout son de liesse,
  Gemmes, parfumz, et toute gentillesse,
  Tout lieu hanté, tout ombrage à l'écart !
Ainsi la mort, par une blanche voye,
  Droit me conduise en l'éternelle joye,
  Entre les Dieux, au beau séjour du Ciel.
Ainsi ma foy châcun amant contemple,
  Et, tendrement gemissant, prenne exemple
  De ne tramper ses douceurs dans le fiel.

XLIV

A MATHURIN DU TRONCHAY

L'UN DE SES PLUS GRANDZ AMYS.

Si tu fis onq preuve de l'estincelle,
　　O mon Tronchay, du brandon furieux
　　Dont cet enfant, le plus puissant des Dieux,
　　Nous va bruslant par sa fléche mortelle ;
Si onq, helas ! quelque belle cruelle
　　T'ha fait mourir des doux traitz de ses yeux,
　　Et si tu as d'un beau vers gracieux
　　Fait vivre après sa cruauté trop belle ;
Vien, mon Tronchay, vien m'ayder à chanter
　　Ce fier Amour, dont me fait enchanter
　　L'œil, mais trop beau, de ma Nimphe admirable ;
Ou vien aumoins, après que mon destin
　　Par cet Amour m'aura fait prendre fin,
　　Pleurer sus moy, tendrement pitoyable.

ODE I

Je sen dedans mon courage,
Mon courage languissant,
Entrer la bouillante rage
D'un brandon feu-vomissant,
Vomissant en la main fiere
De l'enfant Venerien,
Qui par l'œil de ma guerriere
Consomme mon tout en rien.

Tout éblouy de la flâme,
De la flâme et du tison
Qui va cendroyant mon ame;
Je perdz toute ma raison,
Ma raison et ma parole,
Et, sans forces haletant,

Tout éperdu, je m'affole,
Moy-mesme me tourmentant.

Impatient de moy-mesme,
Moy-mesme je me combaz,
Et d'une manie extresme
J'ensanglante mes debas,
Mes debas, desquelz le moindre
C'est d'un feu continuel
Me voir étouffer et poindre
En travail perpetuel.

Tout cela que la Nature,
La Nature et les beaux Cieux,
Dedans leur ronde peinture
Produisent de gracieux,
De gracieux et de brave,
Me semble tout déplaisant,
Et d'un soing amer et grave
Le plaisir me va cuisant.

La Mer s'enflant toute ireuse,
Toute ireuse regorgeant,
Et colérement hideuze
Ses bordz de gros floz rongeant,

Rongeant l'aboyante roche,
Ne monstre tant de rancœur
Que fait ce soin qui m'acroche
Jusqu'au plus vif de mon cueur.

Et cela qui plus m'outrage,
M'outrage en mon grand malheur,
C'est qu'aucun par tesmoignage
Ne va plaignant ma douleur.
Douleur fiere! ô fiere plainte!
Plus je redouble mon plaint,
L'enflant de mainte complainte,
Tant moins alors je suis plaint.

De nuit tout presage horrible,
Horrible autour de mon chef,
D'un croassement terrible
Accompagne ce méchef,
Ce méchef épouventable,
Qui me rend palle et defait,
Comme cil qui est coupable
De la mort, par son forfait.

Helas! que ne peux-je taire,
Taire et cacher à-part moy

Ce qui ne fait que déplaire
A châcun de mon émoy,
Mon émoy, qui estincelle
Maugré moy par l'Univers!
Hé! qui les feuz d'Amour cele,
Plus il les rend découvers.

ODE II

Dieu sonne-lire, archer, porte-carquois,
Donne vigueur à ma debile voix!
Et toy qui fus de Narcisse surprise,
Rechante, au son de ma douce entreprise,
L'honneur du ciel, de Cillene et des Dieux,
Poste disert, subtil, ingenieux,
Fay que mon chant me serve d'une flâme
Pour attiedir la glace de madame.

Sus, Chevrepiez, qu'on delaisse à danser
Pour faire escorte à mon divin penser!
Nimphes des bois, que châcune ores chante
Cet œil, ce ris, qui m'aveugle et m'enchante;

Et toy qui fais tapisser de tes fleurs
Les verdz bosquetz rempliz de mes douleurs,
Que ta verdure éparse en la campagne
Me serve aussi de fidelle compagne.

Je ne quiers point, pour accomplir mon heur,
Que l'on me fasse un sumptueux honneur,
Ni des maisons à l'antique fondées,
Ni un Colosse à septante coudées,
Et moins encor qu'un Mirte ou verd Laurier,
Des frontz sçavantz le desiré loyer,
Ou qu'un Trophée enflé de la victoire
D'un haut triumphe empanache ma gloire

Ni les faveurs des puissans Roys sacrez
Ni tous les dons à Venus consacrez,
Ni les thresors que l'Orient ameine,
De l'enchanteur ni la science vaine,
Pourroient la plaie immortelle guerir
Qui doucement vivant me fait perir;
Mais seulement ce doux trait qui me blesse
Peut appaiser la douleur qui me presse.

Las! maintenant Amour me fait bien voir
Combien il a sus mon cueur de pouvoir,

6

Bien qu'autres-fois faute d'experience
M'a fait blâmer de ce dieu la puissance;
Helas! je crains qu'ayant eu à mépris
Son feu, par luy n'en sois ainsi surpris,
De luy qui fait par un cruel martire
Sentir la foudre et fureur de son ire.

Picus jadis en oiseau converti,
Las! m'en devoit avoir bien averti;
Daphné aussi me le montroit, et mesme
Celuy qui fut amoureux de soy-mesme.
Mais, soit qu'oiseau je devienne, arbre ou fleur,
Au moins alors finira ma douleur,
Prenant sus moy, pour juste recompense,
Amour cruel pitoyable vengeance.

Mais fasse Amour comme il voudra de moy:
Si de mon cueur n'ostera-il la foy
Que je te dois, estant dès ma naissance
Predestiné de vivre en ta puissance;
Et si la mort m'avance son malheur,
Cela n'est rien, eu égard au bonheur
Que je reçoy, voyant mon amour telle
Que de soy-mesme el' se rend immortelle.

ODE III

La pierre dure est cavée
Par l'eau mollement lavée,
Le temps consume et abat
Les sourcilleuses montagnes,
Les égalant aux campagnes,
Où mainte riviere bat.

Le peuple ignorant et rude
S'est repoli par l'estude
Des loys et divins escrits ;
Mainte gent vagante et fole
Ha usé de sa parolle
Pour ses incomposez cris.

Le lyon, beste tresfiere,
Contre sa façon premiere,
S'adoucist entre noz mains.
Bref, il n'est rien si horrible
Que ne donte, plus terrible,
Le temps avec les humains.

Le temps fait souvent abattre
L'artifice d'un Theatre,
Qui semble à voyr immortel.
Où sont or les Dieux antiques
Tant chantez par vers lyriques?
Où est de Venus l'autel?

La mer contre soy flotante,
Qui ravit, froisse et déplante,
N'est pas tousjours en fureur;
L'air tourbillonné d'orage,
Tempestant d'un fier nuage,
N'éternize son horreur.

Rien n'est si fort ni étrange
Dont le temps ne face échange;
Mais, helas! il ne peut rien
Contre une de rigueur pleine,
Ne la pouvant faire mienne,
Encores que je soy sien.

ODE IV

Le jeune amant Abydois
Nageant l'étroit Helesponte,
En vain renforçoit sa voix
Quand la Mer sourde le donte ;
Cependant la belle Heron
Court de l'œil tout l'environ,
En vain se plaignant souvent
Pour la torche coutumiere,
D'entre-eux fidelle lumiere,
Eteinte à force du vent.

Leandre dist, en passant,
A la Mer d'une voix basse :
« Las ! pren moy en repassant,
Et fay qu'à ce coup je passe ! »
Mais non-obstant tous ses plaintz
De regrez amoureux plains,
L'avare flot de la Mer

Desja la gorge luy sale,
Et dedans son corps avale
Son breuvage trop amer.

Ja desja du poure amant,
Quoy que son cueur il efforce,
S'étendent negligemment
Les braz sans aucune force;
Or entre les eaux coulant,
Or dessus contreroulant,
Et ores d'un teint de mort,
Errant, tournant au rivage,
Ensemble avec le courage
Il perd vie et tout effort.

Mais, las! il ne suffisoit
A ceste tempeste ireuse,
Si son corps el' ne brisoit
A quelque roche écumeuse.
Là s'eteignit la beauté,
Là finit la loyauté
De l'amant audacieux,
Dont la pitié et la gloyre
Feront voler la memoire
Jusques au plus hault des cieux.

La bouche qui soupiroit
Sus la levre emmiellée
De sa Dame, se couvroit
D'une amertume salée ;
Et les bras acoutumez
Aux embrassemens aymez
De ces deux amans tous nuz,
Battoient quelque roche dure,
Ou alloyent à l'adventure
Aux rivages inconnuz.

Las ! helas ! ce corps tant beau,
Las ! ce tant brave courage,
Sent par faute d'un flambeau
De la mer le dur orage !
Celuy qui si tendrement
Se baignoit, et mollement
De maint unguent adouci
Arrousoit ses tresses blondes,
Maintenant dessus les ondes
Vogue, flotte, sans mercy.

Celle qui sent les douleurs
De quelque amour rigoreuse
Peut bien congnoistre les pleurs

Que faisoit la mal-heureuse
Heron, qui n'ha lors espoir
Que d'un futur desespoir,
En vain attendant le jour
Qui d'une pareille envie
Luy ha fait finer sa vie,
Ses regrez et son amour.

Celuy qui voudra sçavoir
Le dur tourment de Leandre,
Que tost il me vienne voir
Et ma triste voix entendre ;
Lors il verra la vigueur
D'une cruelle rigueur
Et la douleur que je sens,
Agité d'une tempeste
Qui me brouille dans la teste,
Faisant troubler tous mes sens.

Il me pourra voir flottant
Contre les rocz et la rive,
Et en vain me tourmentant
Sans qu'à mon doux port j'arrive ;
Il verra le flambeau mort,
Presage, helas ! de ma mort,

Puis, helas! mon corps roulant
Contre les flancz d'une roche,
Dont le flot ireux m'approche
L'un sur l'autre redoublant.

Il verra mes jeunes ans
S'estre passez en delices,
Et à tous les jeux plaisans
Des plus gaillards exercices;
Il verra l'embrassement
Que j'ay eü si doucement
De ma premiere amitié,
Pour me voir en telle peine
Et proye à l'onde inhumaine,
Se convertir à pitié.

La tempeste et de la mer
Cet impetueux orage,
C'est l'amer de mon aymer,
Qui flotte et bat mon jeune age,
Qüi ne me permet aussi
Surgir au port de merci;
Et puis ce brandon eteinct,
C'est la froideur de ma Dame,
Dont la chaleur de mon ame

Et ma vie aussi s'eteint.

Le roc dont je suis battu,
Qui ainsi me froisse et blesse,
C'est la trop chaste vertu
Et rigueur de ma maitresse,
Qui contre moy sans cesser
Mal sus mal fait amasser ;
Et puis ses flotz tant ireux
Sont les amoureuses peines
Qui s'ecoulent dans mes veines
Et dans mon cœur langoureux.

Les delices, le plaisir,
Qui me faisoient heureux vivre,
Venoient pour n'avoir desir
De cet aveugle Amour suyvre ;
L'embrasement coustumier
De mon chaut amour premier
Estoit l'étroite amitié
De ma liberté tant douce,
Que maintenant me repousse
Une cruelle moitié.

Je voy cette liberté,

Helas! estre convertie
En la dure cruauté
De ma trop douce ennemie.
Las, helas! ce ne sont pas
Les tendres et doux appas
Dont je nourrissoy mon cueur,
Lors que ma libre jeunesse
Me rendoit de la tristesse
Et de moy-mesme vainqueur.

Mais pourtant que ces malheurs
Te facent, je ne desire,
Compagne de mes douleurs,
Ny de mon cruel martire.
Je voudroy tant seulement
Que, découvrant mon tourment
Et la parfaite amytié
Dont saintement je t'admire,
Que de mon cruel martire
Tu prinses quelque pitié.

ODE V

Si en un lieu solitaire
Les ennuis me font retraire
Pour me plaindre tout seulet,
Si je cherche les montagnes,
Ou des plus vertes campagnes
Le murmurant ruisselet;

Lors ces choses tant secrettes,
Bien qu'aux autres soyent muettes,
Me voyant en tel émoy,
Toutes d'un chant pitoyable,
Mais, helas! peu secourable,
Gemissent avecque moy.

En quelque part que je tourne,
Tousjours le dueil y sejourne;
Le cours mesmes du ruisseau
S'enfle aux pleurs de ma complainte;
Sa fleur tombante à ma plainte
Y pleure maint arbrisseau.

Les poissons viennent en tourbe ;
·Le plus fort chesne se courbe
Au son de mes piteux criz ;
Et le Satyre follastre
Tout coy delaisse à s'ébatre
Pour desplorer mes écriz.

Je voy l'oiseau qui se panche
Tout pensif dessus la branche,
Puis en douloureux accens
Degoise en son doux ramage,
Qui au plus félon courage
Pourroit chatouiller les sens.

Je voy le troupeau champestre,
Qui oublie à se repaistre
Pour entendre ma chanson ;
J'entroy les cavernes basses,
Par leurs voix rauques et lasses,
Lamenter mon triste son.

Mais que me sert faire entendre
Mon chant pitoyable et tendre,
Si une, helas ! n'en croit rien,
Que sur toute autre j'admire,

Et que seule je desire
Se convertir à mon bien?

RESPONCE DE L'ADMIRÉE

Quand je veux chanter sur ma lire
　　　Le martire
Dont cest aveugle Enfant me poingt,
Privée de mes sens à l'heure
　　　Je demeure,
Las! comme si je n'estoy point.

Dont pourroit estre aussi la vie
　　　Plus ravie,
Que par un amoureux émoy?
Seul il me fait la mort ensuyvre,
　　　Puis revivre
Quand il s'en part d'avecques moy.

Ne me fay point sentir la peine
　　　D'ennuis pleine,

Las! je te pry, ô Cupidon,
Que tu fis, helas! trop rebelle,
    A ta belle,
Mais trop miserable Didon.

Mon cors foiblit et mon cœur tremble
        Quand ensemble
Je me trouve avec mon amy,
Ou soit que d'une douce force
        Il s'efforce
De mon honneur estre ennemy;

Ou soit qu'il me monstre sa Muse
        Qui m'accuse
D'une aigre-douce cruauté,
Ou les beaux vers dont il m'honore
        Et decore,
Le plus parfait de ma beauté.

Car, si je regarde à la flamme
        Qui l'enflamme,
Le brulant en mon amytié,
Alors, ayant de sa mort crainte,
        Suis contrainte
D'avoir de luy quelque pitié.

Mais, helas! s'il avoit envie
De ma vie,
Si tu veux, pour le secourir,
Cupidon, je te l'abandonne,
Et luy donne;
Mais ne fay mon honneur mourir!

SONNETZ

XLV.

Arriere, Grec, Latin, Thoscan ! arriere !
Je ne veux plus de vostre invention
Pour élever en admiration
L'œil tant divin de ma belle guerriere !
Assez cest œil me verse de matiere
Au fond du mien, assez de passion.
Pour en dorer ma noble nation,
Et n'estre plus de vous trois la derniere.
Assez vrayment, au fort de mon souci,
Pindare, Horace, et vous, Petrarque, aussi,
J'ay voulu suyvre et piller vostre lire ;
Advienne ainsi qu'un jour tous noz neveux
Aillent suyvant de près-à-près les vœux
Dont ma Pallas sans vostre ayde j'admire.

8

XLVI

Le Ciel me fasse estre un François Terpandre,
　Pour accorder mon luc à mes douleurs,
　Peignant mes vers des plus belles couleurs
　Dont il fleurist le beau de sa Cassandre ;
Viennent aussi du Florentin descendre
　Dedans mon sein les soupirs et les pleurs ;
　Que j'aye encor les plus divines fleurs
　De l'Olivier, pour mes vœuz y appendre ;
Vienne Baïf avecques son doux son,
　Vienne Panjas le François Apollon,
　Si brusleray-je encor en mon courage.
Tant seulement tirez-moy un soubzriz
　De ma cruelle, et lors par mes écriz
　Je vous feray à tous un humble homage.

XLVII

Depuis le jour qu'il me convint distraire,
　Et d'avec moy, comme vœuf, m'absenter,
　Je n'ay cessé de plaindre et lamenter,
　Traisnant ma vie amerement austere.
Me dérobant dans un bois solitaire,

Rien ne se vient à mes yeux presenter,
Fors une horreur, qui fait épouvanter
Mon cerveau vuide, en cent doubtes contraire.
Morne et pensif, d'une face ternie,
Je pleure et fuy toute autre compagnie,
Ne me baignant qu'aux frayeurs de la mort.
La tourterelle au bois en ceste sorte,
Veufve, gemist dessus la branche morte,
S'adoulourant de son povre consort.

XLVIII

Soit qu'égaré par l'espesseur d'un bois,
Ou par l'horreur de quelque antre sauvage,
Ou soit qu'auprès d'un trepillant rivage,
Je tranche l'air des soupirs de ma voix;
Soit qu'en resvant aux amoureuses loix,
Du rossignol j'écoute le ramage,
Ou qu'en pensant ramollir mon courage,
Mon luc j'anime au passer de mes doigz;
Vers quelque part que mes pas j'achemine,
Toujours me suit ton idole divine,
Tant que parfois j'alonge bras et mains
Pour te taster; mais, las! ce n'est qu'un songe,

Où jour et nuit tourmenté je me plonge
Dedans la mer de mes pleurs inhumains.

XLIX

Ce port hautain, cette grace royale,
 Ce chef mouvant, cet honneste dédain,
 Et dans un cueur doucement inhumain
 Cette amytié tant traîtrement loyale ;
Cette douceur à l'ambrosie égale,
 Dont me paissant j'éternize ma fain ;
 Cette pitié, que je m'efforce en vain
 Rendre vers moy chichement liberale ;
M'ont desjà tant et tant livré d'assaux,
 Que plus je cuide estre au bout de mes maux,
 Plus je me trouve environné d'alarmes.
Sçauroy-je point d'une contrepoison
 Mediciner ma debile raison
 Pour l'assurer entre tant de vacarmes ?

L

Mille squadrons demarchans de bravade
 Pour me charger s'avancent fierement,
 Tournans sus moy les yeux, non autrement

Que d'un lion la flamboyante œillade.
J'œn voy desjà qui d'une apre tirade
   Dardent sus moy leurs fléches vivement ;
   J'en sen, j'en sen, qui venimeusement
   De mille coups navrent ma chair malade.
Ha ! qu'est cecy ? Je croy que c'est Amour,
   Qui, furiant en cet horrible étour,
   Me veut combattre à toute sa puissance.
Je voy donq bien qu'il faut mettre mon but
   A tenir fort, n'esperant pour salut,
   Desesperé, rien moins que l'esperance.

LI

Pas ne te fie au traitre doux langage
   Du caut amant, trompeur et mensonger,
   Qui te repaist d'un controuvé songer,
   Te découvrant son esprit trop volage.
Ariadne ainsi congnut bien le domage
   D'amour trop prompt en son propre danger,
   Quand son Thesée au rivage estranger
   La delaissa d'un parjure courage.
Ny la longueur des ans Sybilliens,
   Ny tous les fiers travaux Herculiens,
   Me sçauroient rendre en amours variable ;

Et, sans mentir, je me feray bien fort
    Que, descouvrant ta perte, après ma mort
    Tu me plaindras, en vain lors pitoyable.

LII

Main, douce main, mollette et ivoyrine,
    Qui de tes doigts longuettement mignardz
    Fais honte à ceux que richement éparz
    L'Aube découvre en sa clarté rosine ;
Main qui m'enlasse, humainement divine,
    De mille neuz doucement fretillardz,
    Trop plus étroit que la corde et les dars
    Du foible-fort Enfant de la Cyprine ;
Main dont mes pleurs j'ay esté apaisant,
    Et qu'halenant, baisant et rebaisant,
    J'ay attiedie en mes bouillantes larmes ;
Main qui me tiens esclave librement,
    Las ! guide-moy au lieu où franchement
    Je sois vainqueur de tes douces alarmes !

LIII

Combien de fois dessus ta belle main,
    La mignardant de ma bouche lassive,

J'ay delaissé mainte enseigne naïve
Que de ma dent j'y engravois en vain ;
Veu qu'en ton cueur, cueur de marbre ou d'erain,
Cette morsure aucunement n'arrive ;
Mais, dans le mien eternellement vive,
D'un souvenir el' me ronge inhumain.
Je suis semblable à celuy qui veut prendre,
Et qui, au lieu de ce qu'il veut surprendre,
Dans son filé se voit le premier pris :
Car, te pensant laisser une morsure,
D'une mortelle et rompante blessure
A l'impourveu je me trouve surpris.

LIV

A NICOLAS DENIZOT

CONTE D'ALSINOIS

Je voudroy bien en fidelles Cantiques
Pouvoir, ainsi que tu fais, resonner,
O Denisot, quand tu veux entonner
De nostre Dieu les louanges pudiques ;
J'animeroy maintz beaux fredons lyriques,

Qui me feroyent du vray Christ couronner,
Qu'as entrepris de ta lire sonner,
Autant, ou mieux, que les harpeurs antiques.
Mais, las! helas! l'ombre d'un petit Dieu
Ha tant gagné dans mes espriz de lieu
Qu'el' me retient voilé de ses tenebres.
Tes chants si clers donnent vie à l'esprit :
Hé! la noirceur de mon nuital écrit
Ne me prédit que mille cris funebres.

LV

Si ce grand Ciel portrait divinement
Avoit laissé sa course vagabonde,
Plus n'y auroit en ce terrestre monde,
Ni mesme en luy, force ni mouvement ;
S'il ne vouloit par son nourrissement
Rendre la terre à produire fœcunde,
En ces bas lieux ni en sa hauteur ronde
Il n'y auroit qu'un Chaös seulement.
Sans toy aussi, mon Ciel et ma puissance,
Cela qu'on voyt dedans moy d'excellence
(Ton petit Monde), helas! seroit pery.
Inspire-moy, garde que je ne meure,

Si tu ne veux que ton honneur demeure
Avecques moy pareillement tary.

LVI

Tu le sçais bien, et ne le veux pas croire;
Tu l'entens bien, et ne le veux ouyr;
Je suis à toy, et tu n'en veux jouyr;
Il t'en souvient, et tu n'en as memoire.
Je suis vaincu, tu ne veux la victoire;
Tu me poursuis, et tu me veux fuyr.
Rien qu'en mes pleurs tu ne veux t'esjouir
En recevant de mes maux une gloyre.
Puis donc, helas! que mon plus grand tourment,
Puis que mon mal t'est un contentement,
Que ne fais-tu qu'entre tes bras je meure?
Et si ton cœur ha pitié de ma mort,
Que n'ay-je donq par luy quelque confort,
Au moins s'il veut que vivant je demeure?

LVII

J'estois un soir sur l'areneuse greve
(Commun plaisir aux Nymphettes de Tours),
Me promenant par maintz folâtres tours

Pour œillader ce bel œil qui me grefve;
Mais ce cruel, dont je n'ay point de tréve,
   Soudain, soudain, par un de ses détours,
   Me vint priver du bien de mes amours,
   Par un Vulcan qui lors me les enleve.
Voilà comment, pour un peu de plaisir,
   Je suis après comblé de déplaisir,
   Estant moy-mesme à moy-mesme rebelle.
Mais je te pry, pour tuer ce discord,
   Emprunte, Amour, un des traitz de la Mort
   Et le détrampe aux yeux de ma cruelle.

LVIII

Soit qu'au milieu de la plaine muette,
   Compagne à tous mes plus segrez ennuiz,
   Soit qu'au serein des plus tranquilles nuitz,
   Je soys gisant dessus la fraiche herbette,
Pour éventer, seul, d'une voix secrette,
   Le chaut tourment dont enflamé je suis,
   De ton pouvoir toy seule m'y conduys,
   Tenant ma vie à tes plaisirs sugette;
Ou soit qu'au lieu du soupir de ma voix
   J'enfle à ton loz les doux Zephires coiz,
   Soit que je sois te donnant congnoissance

Du vif pourtrait de mon affection,
　　Rien je ne peux sans la permission
　　De ta supréme admirable puissance.

LIX

Si autrefois as terni de ta face
　　L'Astre plus cler flamboyant dans les cieux,
　　Le moins de toy congnu en ces bas lieux
　　Le plus parfait de nostre beau efface.
Le ciel jaloux de sa prodigue grace
　　En vain sur toy ha esté envieux,
　　Quand jà ton loz remontant jusqu'aux Dieux
　　De te servir encores le menace;
Mais, quand au lieu de l'antique demeure
　　T'envoleras, qu'ensemble aussi je meure!
　　Car, si ta fiere et dure cruauté
Méprise, helas! l'esclave qui t'adore,
　　Au moins allors fera ma loyauté
　　Qu'avec le Ciel je te serve et honore.

LX

O que je n'ay les Muses en partage
　　Comme Ronsard, nostre harpeur divin!

Mais que ne suis-je un Soleil Angevin !
Que n'ay-je autant que Baïf d'avantage !
Pour dire mieux l'esprit tant rare et sage
De ma Pallas, sonnant l'heureuse fin
Du vray Amour, et l'aigre-doux venin
Qui m'envieillist reverdissant mon age !
Pour enrichir les vœus dont j'idolâtre
Ce beau sein blanc, cette cuisse d'albâtre,
Cet œil, ce front, ces deux arches d'ebene,
Cet or luisant, cette mirrhine alene,
Tairoy-je bien la doûceur de la rose
Qui tient ma mort avec ma vie enclose?

LXI

En mesme instant je sen dedans mon ame
La hardiesse et la peur avoir placé,
Dont je m'asseure, et doubte de la grace
De ma benigne et rigoreuse dame.
En esperant, sans espoir je reclame
Ce qui m'alege et ensemble me lasse ;
Je suis en feu, me sentant tout en glace ;
Plus je prens cueur, plus transi je me pâme ;
Je parle et tais ce que l'audace et crainte
Promet et nie, au riz de ma complainte.

L'on voit ainsi la puissante Nature
Donner la vie à l'esprit et au corps,
   En l'accordant en toute creature
   Par son contraire et discordants accordz.

LXII

Ce n'est cet œil fierement gracieux,
   Ce n'est aussi cette flâme nouvelle,
   Des doux desirs ny la Mere cruelle,
   Qui humblement me rend audacieux ;
Ny ce qui rend un amant curieux
   De fredonner d'une corde immortelle,
   Ny de l'amour la poignante estincelle,
   Ont eschauffé mon esprit ny mes yeux.
Ce n'est aussi la douceur nompareille
   De ton parler enchantant mon oreille :
   Je ne sçay quoy de grace plus entiere,
Dont ton corps est et ton esprit vestu,
   Est mon object, qui rend de sa lumiere
   Le beau obscur, et mesme la vertu.

LXIII

Desja, desja s'esbranloit ma pensée,

Pour ce mien corps de mes deux mains occir,
  Quand j'aperceus la grandeur que j'admire
  De mon parler innocent offensée;
Mais, s'apaisant ma fureur insensée,
  Encontre moy moy-mesme je vois dire :
« Voudroy-tu bien t'apprester ce martire
  Par ta cruelle entreprise dressée?
Il vaut bien mieux que tu restes vivant
  Pour te monstrer son loyal poursuivant.
  Par ce moyen te congnoistra sans vice.
Voudroy-tu bien de sa beauté extresme
  Priver tes yeux, en te perdant toy-mesme
  Et le moyen de luy faire service? »

LXIV

Cet œil friand qui folatre se rouë,
  Errant lassif d'un regard my-ouvert,
  Cet œil duquel maint amant est ouvert
  Jusques au cœur, où le Cyprin se jouë;
Ce vermeillon et de levre et de jouë;
  Ce chef tant beau, d'or blondissant couvert;
  Ce vif esprit où tout le mien se pert,
  Cette rigueur où mon âme s'enjouë;
Ce maniment de membres ondoyant,

Ce pied dispost au bal s'ébanoyant,
　Ce gay soupir qui ma raison enchante,
Privent mes sens de toute guarison :
　M'est donq ainsi l'antidote poison,
　Et le venin nourriture alléchante?

LXV

Reçoy, reçoy, Madame, ton servant ;
　Car, si tu es d'une race hautaine,
　Aux yeux François sa noblesse est certaine ;
　Si tu es docte, il est ton escrivant ;
Si tu es libre, aussi il ne se vend ;
　Si des beautez tu es la primeraine,
　La prime fleur de son âge n'est vaine ;
　Si tu es douce, il va le miel suivant.
Si ton esprit, si ta pensée est grave,
　Tu le verras d'asseurance si brave
　Contre un chacun maintenir ses effortz
Qu'il ne craindra, pour acquerir ta grace,
　Voire des cieux la superbe menace,
　Ni l'inhumain des plus cruelles mortz.

LXVI

Si tu tenois ma Mignonne emmurée

Dedans un fort rencloz de toutes pars,
Et qui peust faire au noir de ses remparz
Une autre horreur, mesme à la Tour quarrée;
Si tu osoys la tenir enferrée,
Liant plus fort tous ses membres mignardz
Qu'onques Venus ne fut avecques Mars,
Ta rage encor ne seroit assurée.
O sot Vulcan! où est or' ta raison?
Où luy veux-tu choisir une prison
Pour l'esclaver d'une servile garde?
En vain ainsi tu la pretendz facher,
Car celle là qui se craint de pecher
Assez, assez, d'elle-mesme se garde.

LXVII

Ce doux harpeur qui, d'un fredon lyrique,
Si chastement sur ses cordes chanta,
Que de son chant la fureur enchanta,
Qui gloutement ronge l'âme impudique;
Tant qu'il vesquit, Clitemnestre pudique
En l'écoutant l'aveugle Amour donta;
Mais, aussi tost que la mort luy osta,
El' vit mourir son Hymenée antique:
Puissay-je ainsi, de mon fredon mignard,

Rompre les coups du traistre fretillard,
Qui tire aux cueurs d'une fléche cruelle !
Je feray plus, car, estant ton sonneur,
Je te rendray chastement immortelle,
Plus que de moy amy de ton honneur.

LXVIII

Veux-tu me faire en écriz surpasser
Tous les meilleurs espriz de nostre France ?
Oste de toy la rigueur à outrance
Dont tu me fais sans cesse trépasser.
Que promptement j'apperçoive casser
Ce fier dépit de felonne vengeance,
Et mes labeurs, par gaye jouyssance,
De l'amoureux deduit recompenser.
Si une fois par telle mignardise
Je conduisois à chef mon entreprise,
Je ne voudroy ceder à mon Ronsard.
Baïf, Panjas, Bellay, Tiard, Jodelle,
N'émailleroient d'une plume si belle
Du Paphien le doux evolé dard.

LXIX

Quand j'apperçoy cet Amour violent

Rougir sus moy de flambante colere,
Et au venin d'une poison amere
Tramper son trait dedans mes yeux volant,
Seul en soupirs plaignant ce maltalant,
    Pleurant, criant, je m'adresse à sa Mere
    Pour adoucir la pointure trop fiere
    Duquel son fils me rend ainsi dolent.
« Helas (dist-el'), je n'ay puissance aucune
    Sur cet Enfant, qui, trop plain de rancune,
    Me va navrant moy-mesme jusqu'au cueur;
Mais, si tu veux bien amortir sa flâme,
    Va-t'en prier à deux genoux ta Dame,
    Qui seule peut amollir sa rigueur. »

LXX

Comment es-tu vers moy tousjours cruelle?
    Ne sçais-tu pas que, si j'ayme ardemment,
    Plus j'en sçauray haÿr cruellement?
    Ayme-moy donq, ayme, ma Colombelle!
Mais qu'ay-je dit encontre ma rebelle?
    Qu'est l'enchanteur qui m'ha si lourdement
    Fait transporter d'un tel aveuglement?
    O playe au cueur qui me touche mortelle!
Plus tost des cieux noircissent les flambeaux,

Plus tost amont contrerampent les eaux,
Plus tost le chaut de l'esté soit en glace,
Et peusses-tu, par cent milliers d'effortz,
   Me retuer d'autant ou plus de mortz
   Que je n'admire et honore ta grace!

LXXI

Mais quand viendra que j'embrasse à mon aise
   Ce flanc douillet, ces deux pilliers marbrins,
   Ce col charnu, ces deux braz ivoyrins,
   Tetant goulu cette vermeille frayse?
Mais quand viendra que je morde et rebaise,
   Tastant, pressant ces dois longuets rosins,
   Et qu'enlacé du bel or de tes crins,
   J'aille embouchant cette vermeille braize?
Mais quand viendra qu'après tant de batailles,
   Dont servement mes espris tu tenailles,
   Dessoubz l'aveu de ce traitre Garçon,
Je puisse un coup, afranchissant d'ôtage
   Ce corps, ce cueur, languissans de servage,
   Par doux labeurs te payer ma rançon?

LXXII

Toute une nuit sus un lit estendu

Près ton giron, ma gaillarde Nymphette,
  J'entrenouoy ma friande languette
  Avec ton dard mollettement tendu ;
Ores tout gay, à ton blanc col pendu,
  Je remordoy la rondeur fermelette
    De ton beau sein, or ta cuisse grassette,
  Glissant sus toy lentement éperdu ;
Mais, quand ce vint au point de jouyssance,
  Te defendant d'une aigre resistance,
  Ton cueur felon me boucha ce doux pas.
O moy chetif ! plus chetif que Tantale !
  Quand d'une fain miserablement pale
  Je meurs bëant auprès de mon repas.

LXXIII

Après avoir fort longtemps pourchassé
  Un doux moyen pour avec toy me joindre,
  Et, soulageant le mal qui me vient poindre,
  Me voyr aussi de tes braz enlassé,
Il s'est offert, j'ay esté embrassé
  De tes chesnons, dont, pour mes feux esteindre,
  Nu contre nu tu n'as cessé d'estreindre
  Mon corps chetif, pesantement lassé ;
Et toutefois, plus ta lassive grace

Se varioit pour échauffer ma glace,
Tant plus j'estoy froidement languissant.
L'amour, helas ! qui trop forte me donte,
M'empesche ainsi (trop miserable honte !)
D'estre de toy doucement jouissant.

ODE VI

Ça, tost, un baiser, mignarde,
Moittement mol et lascif !
Je le crain si chaut qu'il m'arde
D'un feu brazillant tout vif,
Me laissant après glacé
Comme un froid corps trépassé.

Mais comment est il possible
Que ce qui me deust guerir
Me fist (merveille terrible)
Brûller, transir et mourir ?
Voylà : ce sont de beaux tours
De ce gentil Dieu d'amours.

Plus ce mignon nous voit rire,
Plus noz espoirs s'assurer,

Plus, cruel, il nous martire,
Plus il fait noz yeux pleurer,
Contre eschangeant noz accordz
En mille haineux discordz.

Ha! que je crain, ma mignonne,
Qu'il ayt mes ditz entendu,
Et qu'iré ne m'en guerdonne,
D'un arc roidement tendu
Décochant dedans mon cueur
Un trait doré de rigueur.

Mais quelle plus grand' vengeance
Me sçauroit ce Dieu lancer
Que cette désesperance
Dont il vient recompenser
Moy pauvre fidelle amant,
Delices de son tourment.

Fay, si tu veux, que mon âme,
Fay que l'œil de mes espriz
S'aveugle parmy la flâme
Qui éclere aux mieux appriz ;
Je parle à toi, Paphien,
Aveugle, archer, Cyprien !

Jusqu'au froid de mes mouëlles
Fay, fay toujours, si tu veux,
De tes rouges mains cruelles
Sentir les doux-aigres vœux;
Fay que je sois animé
En amour sans estre aymé!

Fay mon amour malheureuse,
Ou me pipe d'un tel heur
Que d'une caute amoureuse
Je pense avoyr la faveur,
Sans jamays mon corps au sien
Acoupler d'un doux lien.

Fay-moy servir d'une fable
Au lourd peuple médisant,
Fay que ton jeu delectable
Mon cueur aille mesprisant,
Sans aymer rien que les pleurs,
Les souciz et les douleurs.

Fay-moy contraire à moy-mesme,
Troublé d'un horrible effort,
Herissé, tremblant et blesme,
Souiller mes mains de ma mort;

Tirant, cruel, de mon flanc
Un bouillant ruisseau de sang !

Si ne seront point ces peines
Egales au dur ennuy,
Qui par traces inhumaines
Me r'entraisne avecques luy,
Et qui d'un faix inconstant
Me va tout accravantant.

Mais quoy ? faut-il telle guerre
Pour un baiser émouvoyr ?
Un baiser qui si doux erre
Pour si doux me decevoyr,
M'embâmant de mille fleurs,
De mille chaudes odeurs ?

Tu t'égares, ma complainte ;
Il vaut mieux finir icy
D'amour toute fière plainte,
Tout soing, tout deuil, tout soucy,
Et, pour mon ire apaiser,
Me radoucir d'un baiser.

ODE VII

Quand je suis absent de toy,
Mon Dieu, mon Dieu, quel esmoy !
Dieu, quelle jalouze flame
Mes pauvres espriz enflame !
Las ! je crain qu'un étranger
Soudain ne fasse changer,
Par sa grâce piperesse,
L'amitié de ma maistresse.
Mais j'ay bien dedans mon cœur
Une trop plus grande peur :
C'est lors que ma Dryadette
S'esgaye dessus l'herbette,
Les plus belles fleurs pillant,
Pour de son beau chef brillant
En tiffer les tresselettes,
Ou près des fontainelettes,
Quand elle étonne les chams
De la douceur de ses chantz.
Je crains que le filz de Rhée,
Brulant de mon Admirée,

Divinement furieux,
N'abandonne là ses cieux,
Usant de douce rapine
Sus cette beauté divine ;
Ou qu'un autre Dieu puissant,
Pour en estre jouïssant,
Piqué de mesme entreprise,
Ne poursuive telle prise.
Ce lascif Olympien,
Adultere, monstra bien
A Europe la pucelle
D'un blond Thoreau la cautelle.
Le corps d'Iö converty
En genisse ha bien senty
Ce porte-sceptre, et la rage
Du Junonien courage.
Le riche Dieu des lieux bas,
Surpris d'un amoureux laz
Ravit bien la Deoïde
Près de sa mere timide ;
Et tant d'autres Dieux qui ont
Pour l'amour changé de front.
Mais quoy ? parmy les bocages
N'errent les Panes sauvages,
Tant de Satyres paillardz

Au jeu d'amour fretillardz,
De Faunes tant de peuplades,
La peur des Amadriades,
Qui par les bois sans cesser
Vont chercher et retracer,
Errans en courses lassives,
Les pas des Nimphes craintives?
Mais, las! helas! si j'estoy,
Ma mignonne, auprès de toy,
Folâtrant soubz la fueillade,
De quelque douce frescade,
Couché tantost à l'envers
Sus un lict de gazons verdz,
Endormy des eaux roulantes
Bruyantement doux-coulantes;
Et tantost d'un pied hatif
Chassant le lievre craintif,
Ou pipant mainte volée
D'oiseaux par la gluz meslée,
Tantost dans un antre creux
Ombreusement caverneux
Retrepignant une dance
A la gaillarde cadance
Des champestres chalumeaux
Pastoralement ruraux,

La teste toute mouillée
D'odeurs et entortillée
De mille flairans bouquetz,
Desrobez par ces bosquetz;
Pendant de toy, ma maistresse,
Prenant des baisers sans cesse,
Vrayment je n'aurois allors
Cest amer jaloux remors;
Vrayment cette chaude flâme
N'embrazeroit plus mon ame;
Mais parce que je ne puys,
Pour mes affairez ennuiz,
Estre avec toy, ma Deesse,
Mais pour autant que la presse
De ces maudictz rapporteurs,
De ces flagornardz menteurs,
Me vont bouchant toute entrée
De ta si douce contrée,
Las ! au moins souvienne toy,
Te souvienne un peu de moy,
Moy qui rien que toy n'admire.
Bons dieux ! que je n'oye dire
Que le volage étranger
Ait faict ce pendant changer,
Par sa grâce piperesse,

L'amytié de ma maistresse !
Ne la ravissez, bons Dieux,
Dans le pourpris de vos cieux !
Je dy, lors que toute gaye
Sus l'herbette elle s'esgaye,
Les plus belles fleurs pillant,
Pour de son beau chef brillant
En tistre les tresselettes,
Ou près des fontainelettes,
Quand elle étonne les chams
De la douceur de ses chantz,
Ne ravissez ma mignonne
Dans vostre saincte couronne !
Je t'ajure de rechef,
Par tes yeux et par ton chef,
Et par ton front, ma Deesse,
A ce que tu ne te laisse
Tromper aux tentations,
Aux flatteuses passions,
Qui gastent l'amour entiere
D'une affection premiere.
Mais, mais, mon Dieu, quel courroux,
Mais quel martire jaloux,
Mais, mais, quelle frenasie
Brouillasse ma fantasie ?

Hé! pourroy-je bien penser
Qu'on voulsist recompenser
Ma fermeté tant loyale
D'une trayson desloyale?

CHANSON

Quand ma Nymphette jolie
Tourne devers moy ses yeux,
Hors de moy s'enfuit ma vie,
De moy navré furieux.

Si une fois ma cruelle
Détourne ses yeux de moy,
Blessé de rage nouvelle,
Je meurs en plus dur esmoy.

Que feroy-je donc pour vivre?
Quel just reboiroi-je, helas?
Faudroit-il point que delivre
Je me visse de ses laz?

Ce seroit le vray bruvage,
Ce seroit ma guarison;
Mais je me plais davantage
En cette douce prison.

SONNETZ

LXXIV

*M*a plume lente, oiseusement couharde,
   Seiche et poudreuse en un coing languissoit ;
   Mon front baissé resveur s'aparessoit,
 Se renfrongnant d'une chere songearde ;
Ma triste voix, d'une parole tarde,
   S'arraisonnant contre moy, gemissoit,
   Et de mes yeux une liqueur yssoit.
   Me flestrissant d'une couleur blafarde ;
Mais un beau feu, un beau feu pris du ciel,
   Mais un beau dard, un beau dard plein de miel,
   Mais un beau crin, un beau crin qui me lie,
M'ont desja tant eschauffé, poingt, pressé,
   Que sous mes pieds gaillard j'ay terrassé
   Toute l'humeur de ma melancolie.

LXXV

Je ne veux point aux amoureux discours
   Ma douce plume aucunement contreindre,
   Et si ne veux pareillement estreindre
   Outre mon gré le nœu de mes amours.
L'eau veut couler avecque un libre cours,
   La terre veut ses fleurs librement peindre,
   La vigne aussi avec l'ormeau se ceindre,
   De sa nature entregrimpant ses tours.
Mieux que forcé croist le branchu lierre,
   L'on void aussi la precieuse pierre
   Auprès des eaux luire, ses bords natifz.
La beauté nue hait le fardé visage,
   Le rossignol ne contraint son ramage ;
   Mes vers aussi ne sont point abortifz.

LXXVI

Si d'un Horace, ou Catulle, qui dore
   Ses vers mignardz d'un or delicieux,
   Si d'un Properce en vers industrieux,
   Si d'un Ovide ou d'un Orphée encore,
Si d'un Tibulle, ou d'un Toscan qu'honore

Tout brave esprit hautement curieux,
Si d'un Ronsard, Bellay ingénieux,
Si d'un Baïf mes vers sont vaincus ore,
Lalage aussi, Lesbie et la Cynthie,
Corinne belle, Euridice et Delie,
Laure, Cassandre, Olive et la Meline,
Perdent adonc de la beauté le prix,
Par celle là qu'admirent mes espriz,
En deité plus que les Dieux divine.

LXXVII

L'un tout grongnard en sa rude vieillesse,
L'autre privé d'amoureuse faveur,
Et cettuy-cy tout glacé de froideur,
Blâme d'Amour la gaye gentillesse.
L'un abesty d'ignorante paresse,
L'autre jurant brutal en son mal heur,
De nos escrits veut gourmander l'honneur,
Rongeant ses doiz de nous voyr en liesse.
Mais, en despit de leurs grondans abois,
J'entonneray des accentz de ma voix
Le plus parfait de ta divine gloire ;
Leur sot babil quelquefoys perira,

Et maugré eux immortel volera
D'un docte Amant le nom en la memoire.

LXXVIII

Ce feint parler d'une voix enfantine,
　Qui me blandist d'un langage mignard,
　Et qui d'un son foiblettement jazard
　Tremble et begaye au fond de ma poitrine;
Ce riz honteux, cette jeunette mine,
　Et l'ondoyer d'un doux flottant regard,
　Qui, traversant une œillade à l'écart,
　M'éblouit tout d'une flame estoilline;
Et plus encor ce baiseret flattant
　Qui, chaudement par langues combattant,
　Remplist ma bouche en odeurs parfumée,
Me faist toucher le but de mon desir;
　Mais, ô trop vain et volage plaisir,
　Quand tous mes dictz se perdent en fumée!

LXXIX

Cent fois je baise et ton front, et tes yeux,
　Ton sein, ta main, ta bouche, ta gorgette;
　Cent et cent fois te mignardant, garcette,

Je te rebaise et rebaise en cent lieux.
Tu m'as rendu jusqu'à là furieux
En baiseretz, qu'une fois ma bouchette
Laissa couler une âpre dentelette
Sus ton nombril (lien delicieux).
O doux apast, doux apast, si ta flame
N'eust embrazé depuis l'heure mon ame
D'un feu cruel, qui me tient enflamé !
Mais tel mal-heur me donne un si grand aise
Que de pouvoyr redoubler cette braise
Je voudroy bien, voire au lieu plus aymé !

LXXX

La moite nuict sa teste couronnoit
De mainte estoille au ciel resplendissante,
Et, mollement à noz yeux blandissante,
Après la peine un doux somme amenoit;
Le gresillon aux prez rejargonnoit,
Perçant, criard, d'une voix égrissante;
Et aux forests jaunement pallissante
D'un teint blafard la lune rayonnoit,
Quand j'apperceus ma Nymphette descendre
De son cheval pour à mon col se pendre,
Me caressant d'un baiser savoureux.

Devant le jour la nuit me soit premiere,
   Plus chere aussi l'ombre que la lumiere,
   Puis qu'el' m'ha faict si content amoureux.

LXXXI

Quand j'apperçoy quelque traict approchant
   De tes beautez dans une belle dame,
   Soit de l'eclair de ta jumelle flame,
   Ou de ton ris les plus fiers allechant ;
Soit de ce sein deux beaux tresors cachant,
   Dont le toucher le feu mesmes enflâme,
   Ou soit du poil, blond tyran de mon ame,
   Soit du parler, ou bien soit de ton chant ;
Soit d'un beau port, d'un maniment folatre,
   D'un petit pied glissant que j'idolatre,
   Ou soit du moins de tes perfections,
Je suis contreint, charmé de douce rage,
   En ton honneur luy rendre quelque hommage,
   Sans toutesfois changer mes passions.

LXXXII

Si ton pouvoir, qui mon ame domine,
   Est mon appuy, et le seul fondement

Dessus lequel mon amour fermement
  Se soustenant, autre-part ne s'encline ;
Si, de ta main celestement divine,
  Tu me distrais du sentier de tourment ;
  Si mon espoir, si mon contentement
  En mon vouloir (mon seul but) se termine ;
Si je ne peux rien faire ou desirer,
  Ou au plus haut de l'Amour aspirer,
  Si premier n'est permis de toy, Madame,
Donques pourquoy tous les jours permets-tu
  Que mon amour je chante et ta vertu,
  Si tu ne croys en l'ardeur qui m'enflame ?

LXXXIII

Je ne voyois à l'entour de ma teste,
  Passant les monts, que mille espaiz brouillarz ;
  Une Aure adonc, courante en toutes parz,
  Soufloit par l'air une noire tempeste ;
Onq Jupiter, quand horrible il s'apreste
  De nous lancer la fureur de ses darz,
  Ne fut si fier qu'en ces esclairs épars
  Qui rougissoient des montagnes la creste.
Châcun ainsi, de douleur entamé,
  Ores de peur, ores de froid pasmé,

Rouloit transy dans la neige boulante ;
Mais cet Amour, de tous effors vainqueur,
Convertissoit au contraire, en mon cueur,
Le froid en chaud, en Zephirs la tourmente.

LXXXIV

A JACQUES MICHON

Veux-tu sçavoir comme l'on doict passer,
 Durant le temps de la verte jeunesse,
 Et jours et nuictz en la douce liesse,
 Qui faict l'Amant doucement trépasser?
Veux-tu sçavoir comme il faut s'enlacer,
 Et comme on doit, par folastre allegresse,
 Cueillir les fleurs d'une tendre maistresse
 Et tendrement sa bouchette presser?
Veux-tu, Michon, la douce mignardise
 Qu'une Mignarde en cent façons déguise,
 Lors qu'elle embrasse un Mignard Amoureux?
Viens-t'en icy, viens allumer ta flame,
 Puys, arrivé dans le sein de ta dame,
 Fay le devoir d'un Amant valeureux.

MIGNARDISES AMOUREUSES

Quitton, ma belle maitresse,
Quitton l'oiseuse paresse
Qui nous ha tins langoureux
Durant ce temps froidureux,
Que dessoubs la glace lente
L'amour estoit sommeillante.
Ne soyon plus enfermez;
Allon voir les bois ramez,
Allon cuillir des fleurettes,
Allon, sur les herbelettes,
En quelque ombrageux détour
Deviser de nostre amour;
Allon, ma belle Maistresse,
Faire à ce primtemps caresse,
Au plus beau de ce primtemps
De mille doux passe-temps;

Et me croy que tu n'as garde
De m'ouïr parler, Mignarde,
Que de nostre affection,
Que de nostre passion,
Qui d'une si douce flâme
Nous chatouille et nous renflame.
A quoy m'emploiray-je mieux?
Veux-tu que je cerche aux Cieux
Des Astres la quint'-essence,
Dont je n'ay la congnoissance?
Ce n'est pas encor à moy
D'entrer en un tel émoy,
Ni d'une chose tant vaine
Prendre tant soit peu de peine.
Quand j'auray les cheveux gris
Et que les jeux et les riz
De ma folâtre jeunesse
Deplairont à ma vieillesse,
Lors je seray soucieux
De philosopher des Cieux,
De leur puissance, et de l'heure
Qu'il conviendra que je meure;
Lors, plein d'ennuiz et de soing,
Je mettray l'amour au loing.
Mais il me plaist, à cet aage,

Plustost dedans mon courage
Nourrir dix mille plaisirs,
Dix mille jeunes desirs ;
Sçavoir comme il faut attraire
Les pucelles, comme plaire
A leur esprit tendrelet,
Par maint escrit doucelet ;
Il me plaist, dès mon enfance,
D'avoir entré dans la dance
Des Neuf-Filles, qui m'ont mis
Au ranc de leurs mieux appris,
Des mignardes qui m'inspirent
Les plus beaux vers qui t'admirent.
Quelquefois il me plaist bien,
Par ce bon pere Evien,
Me lavant dans son bruvage,
Charmer de mes maux la rage ;
Souvent entre les odeurs
Des mieux flairantes senteurs
Faire un chevet de fleurettes,
De roses, de violettes,
Et sur ce lict doucelet
Reposer mon chef mollet.
Mais c'est trop parlé, Mignarde ;
Ce devis trop nous retarde

D'aller voir le plus beau lieu
Qu'onques ce beau petit Dieu
Appresta pour la plaisance
De sa lascive jouvance.
Là mille petitz ventz doux,
Là l'herbe jusqu'aux genoux,
Là la fraicheur des ombrages,
Là les égarez boccages,
Là les ruisselets coulàns
D'un doux bruit retrepillans,
Là les plus plaisans ramages
Des gays oisillons saüvages,
Flattent de mille douceurs
Des Amantz les jeunes cueurs.
Mais là sus tout me contente
Une caverne beante
Dans un rocher entr'ouvert,
Tout peint au dedans de vert.
Là mille sentes secrettes
Separent mille chambrettes,
Si bien closes à l'entour
Qu'en faveur de nôtre amour
On jugeroit la Nature
Avoir faict cette closture.
Combien, ô bel Antre creux,

Je te nommerois heureux,
Si de ma belle Admirée,
Dans quelque coing égarée,
De toy, bel Antre sacré,
Je jouïssois à mon gré!
Si, dans ta seure cachette
La tirant toute seulette,
Tantost resuçant ses yeux
D'un baiser delicieux,
Tantost sa levre mollette,
Et sa poitrine douillette,
D'un étroict embrassement
Je soulageoy mon tourment!
Lors ton ombre bien heureuse,
Ton ombre, belle amoureuse,
Sous ce vert roc émaillé,
Rustiquement entaillé,
Rendroit de plus grands oracles
Et feroit plus de miracles
Que ne faict le Délien
Dans l'Antre Trophonien;
Lors Nymphes et Oréades,
Dryades, Amadryades,
Ventelans leurs crins épars,
Accourroient de toutes pars,

Pour mener en rond la dance
Au fond de ta creuse panse,
Et toutes en ton honneur,
Et en signe du bon heur
Que j'auroy soubz ton ombrage
Receu, bel Antre sauvage,
T'orneroient des plus beaux sons
De leurs divines chansons.
L'une y viendroit la main pleine
De liz et de marjoleine,
De rozes, de romarin,
De baselic et de iin,
De violettes d'eslite,
Des fleurs de la marguerite ;
L'une empliroit son giron,
Cueillant de tout l'environ
Les tousjours-frais amaranthe
Et l'herbe plus odorante,
Qu'encor elle arrouseroit
D'une eau, qu'elle garderoit
La plus chere et precieuse
Dans sa chambrette odoreuse ;
L'autre avecques le saffran
Cueilly sus le mont Liban,
Avec la boete garnie

Des parfums de l'Arabie,
Accourroit hastivement
Pour te voir; et sainctement
Te feroient toutes largesse
Du plus beau de leur richesse.
Ainsi sois-tu désormais,
Bel Antre, dit à jamais
Donnant certaines responses
Aux amoureuses semonces!
Ainsi sois-tu, bien heureux,
Dict: l'Antre des amoureux!
Si donc un Amant desire
Allegeance à son martyre,
Et s'il veut estre certain
S'il fera l'amour en vain
A sa Dame trop rebelle,
Ou bien s'il doit, de la belle
Amollissant la rigueur,
Quelquefois flechir le cueur,
Ayant pour sa recompense
Enfin d'elle jouissance,
Et qu'ainsi te vienne voir,
Bel Antre, pour en sçavoir
La response veritable;
Que d'une voix admirable

Il entende dans ce lieu
L'oracle de quelque Dieu,
Qui luy decouvre l'issue
De son amour jà conceue ;
Qui luy die comme il faut
Faire embraser d'un feu chaut
Les cueurs des tendres pucelles,
Comme on doit ces Damoiselles
Mignardement animer
A gouster le jeu d'aymer.
Ainsi du soleil la rage
N'aproche de ton ombrage ;
Ainsi sois-tu bien heureux,
Dict : l'Antre des amoureux !
Ainsi la source argentine
De ta fontaine voysine,
Courant par un cler ruisseau,
Ne perde jamais son eau ;
Ains toujours fraische murmure
Baignant la gaye verdure
D'un pré, qui donne là bas
A tes Nymphes mille ébas ;
Ainsi ta mousse arrozée
Soit d'éternelle rozée,
Et le serpent venineux

Dans ton ventre caverneux
Jamais trainant ne se glisse,
Ny son venin y vomisse;
Ainsi le Clain, tournoyant
Et lentement ondoiant
A ton pied, serve aux fillettes,
A tes Nymphes mignonettes,
D'ébat, lorsque sus ton eau,
Dans maint ombragé batteau,
Dessus la fresche vesprée,
Tout à l'entour de la prée
En voguant, elles feront
Du chant, qu'ell' animeront
Sus la douceur amoureuse,
Resonner ta panse creuse;
Ainsi puisson-nous de toy,
Mon aymé Baïf et moy,
Peindre la sainte memoire
Digne d'éternelle gloire;
Ainsi Baïf, mon mignon,
Baïf, mon cher compagnon,
Puisse de l'amour nouvelle
Qui jà creuse sa mouëlle
Dans toy, bel Antre amoureux,
Avoir un presage heureux!

Desormais il ne faut craindre
Qu'un autre Antre puisse atteindre
Au moindre de ton honneur,
Si je gouste un si bon heur
Qu'en tes destours égarée
J'embrasse mon Admirée !
Non ; l'Antre Meudonïen
Que le chœur Meonïen
Jà desjà pour sien avoue
Et sus tous les Antres loue,
Ne pourra pas approcher
Des beautez de ton rocher,
Ny de ta belle vouture,
Que seulement la Nature,
Sans l'aide d'autres maçons,
Change en cent mille façons.
Fay donq que de l'Admirée
Dans quelque coing égarée
De toy, mon bel Antre heureux,
Bel Antre des amoureux,
Heureusement je jouysse.
Ainsi ton nom ne perisse ;
Ainsi puisson-nous de toy,
Mon aymé Baïf et moy,
Peindre la sainte memoire

Digne d'eternelle gloire ;
Ainsi Baïf, mon mignon,
Baïf, mon cher compagnon,
Puisse de l'amour nouvelle
Qui jà creuse ma mouelle,
Dans toy, bel Antre amoureux,
Avoir un presage heureux !

BAISER I

V̶ien tiffer ma barbelette
De ta main mignardelette;
Flate-moy soubz le menton,
Flate, flate mon oreille,
Et sus ta bouche vermeille
En chautz baisers combaton.

Descouvre moy ta poitrine,
Ta blanche gorge yvoirine,
Ce beau teton rondelet;
Çà, que mon col j'entortille
Parmy la tresse gentille
De ce beau chef blondelet.

Baise moy, baise moy! laisse,
Laisse, petite maistresse!

Ha Dieu! vien me secourir :
Ferme ce bel œil, Mignarde ;
Non, ouvre-le et me regarde.
Haye ! tu me fais mourir !

Fay quelque peu la rebelle,
Puis, lascive, en colombelle,
Rebayse moi sans parler,
Et, soupirant sus ma face,
Tout foiblettement m'embrasse
Te laissant sus moy couler.

Durant telle mignardise,
Si ma main fait entreprise
De te taster les genoux,
N'use de forte defence ;
Ains par foiblette puissance
Resiste moy sans courroux.

Fay semblant, friandelette,
Ne pouvoir ta parolette
De tes poumons arracher,
A celle fin que je puisse
Ta glissante ferme cuisse
De ma pronte main toucher.

Si plus avant je te presse,
Ne me repousse, Maistresse,
D'une felonne rigueur ;
Laisson ce despit courage
A la trop cruelle rage
Des tygres plains de fureur.

Passon ainsi en delices
Noz jeunelettes blandices ;
Uson de nostre plaisir :
Que sçavon-nous, ma Mignonne,
Si la mort, qui tout moissonne,
Nous viendra demain saisir !

Quand la favorable nue
De la nuit cache la vue
De ce soleil envieux,
Et qu'entre tes braz j'essaye
Nu à nu guerir la playe
Que je reçoy de tes yeux ;

Et quand plus la nuit te presse
Qui te fait languir, Maistresse,
Dessoubz un demy sommeil,
Et que tendrement je baise,

J'arrose et suce la braise
De ton coralin vermeil ;

Alors tout mon corps s'alonge,
Et un pront desir me plonge
En mille pensers divers,
Tost me panchant sus ta face,
Tost sus ton corps que j'embrasse,
Tost me voltant à l'envers ;

Tost mignardant tout folâtre
Ce flanc rebondi d'albâtre,
Cette cuisse, ce beau sein,
Cette molle lévrelette,
Cet œil, cette mamelette,
Ce poil, ce front, cette main ;

Tost regardant ta minette
Honteusement doucelette,
Ton soubzrire doux-tremblant,
Ta coiffure à l'avantage,
Ta carrure, ton corsage
Qui me va le cueur emblant ;

Tost t'appellant ma Deesse,

Mes delices, ma liesse,
Mon tout, mon bien, mon desir,
Mon paradis, ma fleurette,
Mon bâme, mon amourette,
Mon doux sucre, mon plaisir,

Ma jazarde, ma mignarde,
Trepillarde, fretillarde,
Mon âme, mon cueur, mon mieux,
Toute belle, colombelle,
Passerelle, tourterelle,
Ma perle, mon riz, mes yeux,

Ma Nimphette, Driadette,
Ma doucette, ma garcette,
Mon teton, mon nombrillet,
Ma mignonne, ma belonne,
Mon doux myrthe, ma couronne,
Mon petit tendron douillet.

Tout ce qui donne courage
En cet amoureux passage,
Soyt de faict ou de parler,
Par moy mignard ne s'oublie,

Quand la douceur qui nous lie
Nous fait ainsi recoler.

N'es tu donques bien heureuse,
En cette guerre amoureuse,
D'avoyr si folâtre amy,
Qui mesme la nuit ne souffre
Qu'un pesant sommeil l'engoufre
Aux doux combaz endormi ?

BAISER II

Baise moy tost mignardement,
Baise moy colombellement !
Tu ne veux donq que je te touche ?
Çà, redonne moy cette bouche,
Et, me baisant, souffre qu'un peu
J'éteigne l'ardeur de mon feu.
Ha ! là ! friande, que mon âme
Se perd doucement en ton bâme !
Ne t'endors point de ce sommeil,
Ne t'endors point, mon petit œil,
Ne t'endors point, ma colombelle,

Ne t'endors point, ma tourterelle !
Ha ! Dieu ! qu'il fait bon mordiller
Ces belles roses et piller
Un million de mignardises,
Pendant que par douces feintises
Ce bel œil nageant à demy
Contrefait si bien l'endormy,
Cependant que ma mignonnette
Soutient de sa levre mollette,
Pleine d'un nectar nompareil,
Tant de moulz baisers au reveil.
Ha ! tu me chatouilles, mignarde,
Tu me chatouilles, fretillarde !
Ha ! mauvaise, oste cette main
Qui me fretille dans le sein !
Et quoy ? quoy ? ma petite amie,
Tu faisais tantost l'endormie ?
Et quoy ? il sembloit, à te voir,
Qu'on ne te deust jamais revoir
(Tant bien tu mignardois ta mine)
Remuer dessoubz la courtine ?
Or çà donq ; çà, je le veux bien ;
Racouplons nous au doux lien
Auquel la Cyprine Deesse
M'aprist dès la tendre jeunesse ;

Au lien si doucement fort
Qu'il m'estreindra jusqu'à la mort,
Qui, maugré ma noire journée,
Après ma dernière halenée
Me fera place aux champs heureux,
Entre les plus gays amoureux.
Çà donq à l'envy, ma mignonne,
Çà, çà, mignonne, qu'on me donne
Cent mille étroits embrassementz
En cent mil divers changementz;
Que je sente toute nuitée
Ta levre dans ma bouche antée
Et le vermeil de ces couraux
Me redoubler cent mille assaux.
Ne vois tu pas comme l'Aurore,
Ceste envieuse, recolore
Desjà d'un éclat jaunissant
L'avant-jour partout blondissant?
Hélas! hélas! que peu me dure
Cette tant heureuse avanture!
O combien m'est court le deduit
De cette tant mignarde nuit!
Puys donques que le jour nous presse,
A dieu, ma petite Maistresse,
A dieu, ma gorgette et mon sein,

A dieu, ma delicate main,
A dieu donq, mon teton d'albâtre.
A dieu, ma cuissette folâtre,
A dieu, mon œil, à dieu, mon cueur,
A dieu, ma friande douceur !
Mais avant que je me departe,
Avant que plus loin je m'écarte,
Que je taste encores ce flanc
Et le rond de ce marbre blanc.
Tu pleures, hé ! ma douce folle,
Tends moy les bras que je t'accolle,
Et que pour ton dueil apaiser
Je te donne encore un baiser,
Que je suce encor, mignonnette,
De tes yeux une larmelette.

BAISER III

Quand j'engoule tout gouiu
Ce blanc teton pommelu,
Quand tout folâtre j'arose
Cette cinabrine rose,
Et quand pressant sechement,

Et quand suçant moitement
Ces deux chastes lévreleites
Fraichettement rougelettes,
En mille baisers mignards
Qui me lancent mille dards,
Mille dards dont se distille
Le musq, l'ambre, et mille et mille
Et mille douceurs encor,
Qui d'un parfumé tresor
Pourroient déflairer honteuse
Toute l'Arabie heureuse,
Et si ne voudroy cet heur
Changer au royal honneur;
Puis, quand, à demy rendue,
Dessus un lit estendue,
D'un œil tremblant endormy,
Tu soubzleves à demy
D'une lassive jambette
Le rond de ta cottelette,
Dont je descouvre le blanc
De ta cuisse et de ton flanc,
Et bien encor quelque chose
Que vrayment dire je n'ose,
Plus de ta cuisse goulu
Que du teton pommelu;

Puis m'esgarant (ha! ma plume,
De peur que tu ne t'allume
Toy-mesme d'un feu si chaud,
N'entre point en cet assaut!),
Pense si je voudroys estre
Alors gouverneur et maistre
De tous les peuples divers
De tout ce grand univers,
Ou mesme de la machine
De cette route divine.

BAISER IV

Qui ha leu comme Vénus,
Croisant ses beaux membres nus
Sur son Adonis qu'el' baise,
Et lui pressant le doux flanc,
Son col douillettement blanc
Mordille de trop grand aise;

Qui ha leu comme Tibulle
Et le chatouillant Catulle

Se baignent en leurs chaleurs ;
Comme l'amoureux Ovide,
Sucrant un baiser humide,
En tire les douces fleurs ;

Qui ha veu le passereau
Dessus le printemps nouveau
Pipier, battre de l'œsle,
Quand d'un infini retour
Il mignarde sans sejour
Sa lascive passerelle ;

La colombe roucoulante,
Enflant sa plume tremblante,
Et liant, d'un bec mignard,
Mille baisers, dont la grace
Celle du Cygne surpasse
Sus sa Lœde fretillard ;

Les chevres qui vont broûtant
Et d'un pied leger sautant
Sus la molle verte rive,
Lorsque d'un trait amoureux
Dedans leur flanc chaleureux
Ell' brûlent d'amour lascive ;

Celuy qui aura pris garde
A cette façon gaillarde
De telz folâtres ébas,
Que par eux il imagine
L'heur de mon amour divine
Quand je meurs entre tes bras!

BAISER V

Leve toy, ma mignonnette,
Leve toy, mon amourette ;
Décharge ton œil mignard
De ce fardeau sommeillard ;
Vien ouyr, en ce bocage,
Le plaintif bruyant ramage
Du plaisant rossignolet,
Qui, d'un tintin doucelet,
Dégoyse sus la frescade.
Vien, tost, pren ta verdugade ;
Çà, que j'ayde à te lacer :
C'est fait; çà, vien m'embrasser,
Recompensant mes services
D'un million de delices.
Haston noz pas, car j'ay peur

Que cette douce fraicheur
Du matin sans nous se passe,
Et que la chaleur n'efface
Le plus beau de ton vermeil,
Par le hâle du soleil.
Haston nous donq, mignonnette,
Haston nous, mon amourette;
Traverson vite ces champs.
N'ois tu des oyseaux les chantz
Et leur decliquante noyse
Qui si doucement degoyse?
O le mignard ventelet,
Doucettement froidelet!
Asséons nous, mignonnette,
Sus cette herbe verdelette,
Auprès du cours de cette eau
Qui gargouille en ce ruisseau.
Tien, tien ce luc, ma mignonne,
Et, le touchant, contretonne,
De ta ravissante voix,
Les oisillons de ce bois.
Voy comment sus nostre teste
Jà le rossignol s'appreste,
Attiré par ce doux son,
D'acorder à ta chanson.

Cesse, cesse, mignonnette,
Et voy cette bergerette
Qui, sans nous penser icy,
Plaint son amoureux soucy.
Regarde comme elle assine
Son amy soubz l'aubépine ;
Voy comment, d'un bras mignard,
Lassivement fretillard,
Par naturelle allegresse,
Son mignon elle caresse ;
Voy d'autre part ce garçon
Qui, d'une gaye façon,
Accoste la patourelle,
Et comme, entre la mamelle
De son blanc folâtre sein,
Il fait écouler sa main.
La mignarde, qui se joue,
Luy donne dessus la joue
Tout doucement un revers,
Puys de ses rians yeux verds,
Toute raigearde, elle aguigne,
Et, grimpant (comme une vigne
Sus l'ormeau son compagnon),
Luy darde un baiser mignon.
Le galand prent hardiesse

De luy donner sus la fesse,
Tâtonnant ce cuyr poli
De son albâtre joli.
Elle se fasche, il l'apaise;
Elle mord, il la rebaise;
La friande clost les yeux;
Le gars saute tout joyeux,
Cueillant sus la bergerette
Le fruict de son amourette.
Vrayment ilz nous monstrent bien
Le chemin de nostre bien.
Viens donques, Maistresse, aproche
A l'abri de cette roche,
Et par un tel doux plaisir
Etanchons nostre desir.
Mais vrayment, ma mignonnette,
Mais vrayment, mon amourette,
Il nous faut bien de nos fleurs
Recueillir d'autres douceurs.

BAISER VI

Va, je ne demande pas
T'avoir nue entre mes braz;

Va, folle, je ne souhete
Toute nuict dans ta couchette,
Par un trop glouton desir,
Me souler de mon plaisir.
Quelque mal-apris rustique
En cette douce pratique,
Et qui ne sçait pas gouter
Ce qui doibt plus contenter
En l'amoureuse plaisance,
En prenne en telle abondance
Qu'au matin un contrecueur
Luy engrossisse le cueur;
Mais toy, ma Nymphette gaye,
Je veux, belle, qu'on me paye,
Je veux que d'un doux baiser
Mon mal on vienne apaiser;
Et plustost que toute nue,
Viens t'en proprement vestue,
Afin que l'acoutrement,
Par un doux empéchement,
M'éguillonne le courage
A mignarder d'avantage
Et folâtrement toucher
Ce qu'il voudroit plus cacher.
O moy heureux! que j'ay d'aise

Quand ma mignonne je baise,
Faisant dedans son doux sein
A demy couler ma main,
Quand une toile argentine
Couvrant sa blanche poitrine,
Que je voy pousser souvent
Par le soupir d'un doux vent;
Ou quand un mignard ouvrage,
Fait à jour d'un gent fueillage,
Fermant, mon doux envieux,
Ce beau sein delicieux,
M'empesche que je ne touche,
De mes doigs ou de ma bouche,
Ainsy que je voudroy bien,
Ce beau marbre Parien;
Et quand aussy sa main douce
Foiblettement me repousse,
Et serre, en ce doux tourment,
Mes doigz tendrelettement;
Mais qui quelquefois endure
Que je fasse une ouverture,
Glissant, parmy son colet,
Jusqu'au tetin durelet.
O moy heureux, que j'ay d'aise!
Quand le tastant je te baise,

Et que d'un sucré baiser
Tu viens mon mal apaiser !
Encores je te demande
Ce mol baiser, ma friande,
Tel que ta blanche palleur
En prenne un peu de couleur.
Ainsi, dans ces mignardises,
On doibt user de feintises,
Tost son amy rebaisant,
Puis soudain le refusant
De ce que plus il desire
Pour alleger son martyre,
Afin qu'un plus grand desir
Fasse plus grand le plaisir
De cela qui d'avantage
Poingt d'amour la douce rage.
Ainsi je me plais bien fort
Quand, par un mignard effort,
Je mords, je baise, j'accole
Quelque doucelette fole,
Qu'elle, embrazant mon doux feu,
Me fasse acheter un peu
Ce qui n'auroit point de grace
Accordé de prime face,
Mais qui, nié feintement,

Se prend bien plus doucement.
Je veux bien que sa main blanche,
Passant nue sus ma hanche,
Et folâtrant dans mon sein
Aussi nu comme sa main,
Me chatouille, me pincette,
Et que la gaye folette
Ne me veuille point laisser
En repos sans l'embrasser,
Estroittement enlassée
D'une acolade pressée,
Sans l'embrasser gayement
D'un estroit enlacement.
Si dessoubz la cottelette
De la belle Nymphelette,
Par un larrecin mignard,
Je me cachoy fretillard,
En sorte que tout folâtre
J'y merquasse son albâtre,
Je la voudroy bien voir lors
(Ses yeux flottant demi-mortz),
Perdant toute contenance,
D'une douce remonstrance
Me reprendre d'estre tant
Lassif en la mignottant.

Ainsi me plaist la pucelle,
Non pas lourdement rebelle,
Non cruelle sans mercy,
Non pas trop facile aussy;
Mais qui, simplement doucette,
Mais qui, doucement simplette,
Couvre sa lassiveté
D'une chaste honnesteté.
Ainsi beaucoup plus je prise
De se fondre en mignardise,
S'entreperdans tour à tour
Dans les douceurs de l'amour,
Qu'embrasser toute nuictée
D'une amoureuse éhontée
A cueur soul les membres nuz.
Car, fust-ce une autre Venus,
Fust-ce Helene, ou fust la belle
Baïfienne pucelle,
En ce faisant tout soudain,
On la tiendroit à desdain.
Voyre l'amour la plus forte,
Se traitant de telle sorte,
Au lieu de s'en voir épris,
Se tourneroit à mépris
Çà donq, ma Nymphette gaye,

Çà donq, belle, qu'on me paye ;
Çà, çà, que d'un doux baiser
Mon mal on vienne apaiser,
Et plus-tost que toute nue
Viens-t'en proprement vétue,
Afin que l'acoutrement,
Par un doux empeschement,
M'éguillonne le courage
A mignarder davantage,
Et folâtrement toucher
Ce qu'il voudroyt plus cacher.

SONNETZ

LXXXV

Tu pourras bien choisir un serviteur
Ayant en main de plus grandes richesses,
Tout semé d'or, de gemmeuses largesses,
  Superbe et fier d'un hazardeux bonheur;
Voire tenant des destins la faveur,
  Trop mieux instruit en frivoles adresses,
  Plus courtisan à farder ses caresses
  Et ses propos masquez de fausse ardeur.
Mais entre mille, et mille, et mille, et mille,
  Tu n'en pourras trouver un moins fragile
  Ne qui t'admire ausi fidellement,
Ou qui au lict lassivement folâtre,
  Suçant, baisant ta rose et ton albâtre,
  T'aille embrassant autant mignardement.

LXXXVI

Ceux qui des Roys, par faictz chevaleureux,
　Reçoivent l'Ordre en signe de proesse,
　N'ont un colier si brave que la lesse
　Qui plaisamment m'enchesne langoureux,
Lesse vrayment que ces doys amoureux,
　Ces doys rosins de ma belle maistresse,
　D'une royale et prodigue allegresse,
　Ont mis autour de mon col trop heureux.
Une faveur pend à cette chaînette,
　Faveur tissue en riche escarcelette
　Portant mon nom entrelacé du sien ;
Portant aussi d'eternelle origine
　Une amytié ; mais dedans ma poitrine,
　Trop mieux étreint, je porte ce lien.

LXXXVII

Quand je tressautz aux accords de ton pouce
　Pinçant les nerfz d'un beau luc ivorin,
　Qui au glisser d'un fredon argentin
　Par mon oreille écoulant me detrousse ;
Quand je m'embasme en ceste alcine douce,
　Qui par soupirs m'entonne un vent sucrin.

Et quant au goust d'un baiser nectarin
    D'un dard poignant je reçoy la secousse;
Puis quand je voy, t'embrassant doucement,
    Ton corps ployant dessoubz moy lentement,
    Ton œil mourant d'une œillade baissée,
Quel heur alors, quel heur dont je jouy,
    Quand, dans ton sein (miracle) esvanouy,
    Je ressuscite une ame trespassée!

LXXXVIII

Ce n'est plus toy, ma Sarte, qui te plaings
    Avecques moy, aux soupirs de ma peine,
    Ne qui m'entendz pour ma fiere inhumaine
    Jecter en vain sangloiz et tristes plaintz.
J'ay delaissé les bois, les montz et plainz,
    Prez et rochers de ma terre du Meine,
    Pour émouvoir à pitié de la Seine
    Les flotz roulans, jà de mes larmes plains.
Desjà, desjà les Nymphes les plus belles
    De ces lieux cy sentent les étincelles,
    Qui par milliers bluëttent soubz ma voix.
O ciel heureux! ô trop heureuse terre!
    Si du lien qui esclave m'enserre
    Me délacer quelquefois tu pouvoys!

LXXXIX

Voyez combien Amour est inconstant,
  Voyez au moins combien il est volage,
  Voyez comment il tourne le courage
  De ceux qu'il va comme moy tourmentant.
Tantost, helas ! (ce me sembloit) content,
  Et presque hors de son trop long servage,
  Je m'asseuroy, delivré de la rage
  Du vain espoir qui me va dementant.
Je pensoy bien, en changeant de contrée,
  Que cette amour dans mes veines ancrée
  Relâcheroit quelque peu sa rigueur ;
Mais sans arrest, jà bien loin de la Seine,
  Aux bords du Clain triste je me pourmeine,
  Plus que jamais esprouvant sa fureur.

XC

A JEAN DE PARDEILLAN,

PANJAS, SECOND.

O que par trop j'estime et par trop mal-heureux
Celuy qui, sur la fleur de sa blonde jeunesse,

Ne gouste, mon Panjas, la mignarde allegresse
  Dont nous paist cet Enfant doucement rigoureux !
Cet Enfant tendrelet, cet enfant amoureux,
  Qui, m'apastant de l'œil de ma belle maitresse,
  Non d'une femme humaine, ainçois d'une Deesse,
  Me faict boire un venin aigrement doucereux !
Ainsi tu es heureux, en la fleur de ton age,
  De voir pour ta Colombe affoler ton courage,
  Et de vivre subgect soubz l'amour ton vainqueur ;
Et bien heureuse aussi la belle Colombelle,
  De toy, mon cher Panjas, la Colombelle belle
D'avoir par tes beaux yeux si bien gaigné ton cueur.

XCI

A JEAN RENARD,

SEIGNEUR DE LA MINGUETIERE.

Soit que tu sois en troupe de gensdarmes
  Sus un cheval fierement poudroyant,
  Soit qu'un canon horrible foudroyant
  Sifle sus toy en tonantes alarmes ;
Soit qu'en faussant et le corps et les armes
  De l'ennemy dessoubz tes coups ployant,

Et, çà et là pour ses playes fuyant,
    Humble il te fasse homage de ses larmes ;
En quelque part que ce Dieu furieux
    T'aille guidant, non jamais ocieux
    A soustenir sa vaillante querelle,
Tu as tousjours dans le cueur imprimé
    Cet œil tant doux et ce front tant aymé
    De ta mignarde et belle Damoiselle.

XCII

Ne voir ma Nymphe au matin proprement
    Trousser d'un neud sa cheveleure blonde,
    Qui sus son front reflotte comme une onde,
    Autour des yeux voletant doucement ;
Ny voir l'éclat de son acoustrement,
    Qui se pannade en une vague ronde,
    Ny les doux motz de sa langue faconde,
    Ny de son corps le chaste embrassement,
Ny de ses yeux la douceur tant cruelle,
    Ny le plaisir que j'ay de voir pour elle
    Un infini de pauvres langoureux,
Ne peuvent tant de moy ravir mon ame
    Qu'un simple mot de ma pudique Dame,
    Qui faict mourir tout lassif amoureux.

XCIII

Si, te voyant toute en tout admirable,
　Tu es le plus de ma conception,
　Si, en voyant qu'autre perfection
　N'est point à toy que la tienne semblable ;
Si, te voyant sus toutes amiable,
　Tu m'entretiens en cette affection ;
　Si tu me fais (ô douce passion !)
　Navrer le cueur d'une playe incurable ;
Si ce blanc liz, si ce pourpre vermeil,
　Te font aimer par les traiz de ton œil ;
　Si, ta constance admirant, je t'adore ;
Si ta beauté peut contenter mes yeux,
　Ce noble esprit me plaist encores mieux,
　Et le parfait qui ton ame decore.

XCIV

Ce col marbrin plus que la neige blanc,
　Ce large sein repoussant deux boulettes,
　Ce beau pourpris de roses verdelettes,
　Ce maniment de l'un et l'autre flanc ;
Ce front hautain, ce nez, ce double ranc

18

Tant bien uny de tres-cheres perlettes,
Ces crins épars en vagues ondelettes,
Ce chaut baiser qui me suce le sang,
Ce doux reffuz, cette offre liberalle,
Ce vif flambeau qui le soleil égalle,
Ce pourpre fin, cette blanche couleur,
Me font mourir, vivre, pleurer et rire,
Aymer, hayr, estre oisif et écrire,
Sain en tourment, malade sans douleur.

XCV

Je ne crains pas qu'un autre mieux disant
Fasse changer ma loyale maitresse,
Ou, s'efforçant de fléchir sa promesse
Par larges dons, qu'un Roy m'y soit nuysant.
Je ne crains pas qu'on m'aille déprisant,
Me faisant nul auprès de ma Deesse,
Ou qu'en blasmant toute jeune liesse,
De noz amours on aille médisant;
Et si ne crains que la mordante peste
D'un feu jaloux ma maistresse moleste,
Tant elle est sage, et tant el' m'ayme fort;
Tant seulement à quelque heure hayneuse

Je crains, helas! la darde veneneuse
Du braz hideux de l'effroyable mort.

XCVI

Ville de Tours, la plus heureuse ville
   Que ce grand œil aille point regardant,
   Ville qui tiens ravy tout regardant
   Par le regard de sa Nymphe gentille;
Ville qui as des beautez mille et mille,
   Que sus mon luc doucement accordant
   Je chanteray en beaux vers, ce pendant
   Qu'amour heureux dans mes veines distille;
Ville qui fais les corps luisans aux cieux
   Dessus ton Loyre estre tous envieux,
   Par le parfaict de sa belle Nayade!
Contentez-vous, ô Cieux, de vos espriz,
   Sans estre en vain d'une autre amour surpris,
   Ou vous paissez, s'il vous plaist, d'une œillade.

XCVII

Je pourrois bien, par une infinité
   D'autres accords mieux touchez sus ma lire,
   En te loüant heureusement décrire

De ton esprit la parfaite beauté ;
Cest œil aussi qui tient ma liberté
De l'amour franc en l'esclave martire,
En admirant, de ton plus que j'admire,
Ceste mignarde et foible cruauté ;
Je pourrois bien de l'amoureuse peine
Par mille vers faire preuve certaine,
Parlant encor de mes jeunes chaleurs ;
Mais il vaut mieux desormais que je taise
Et tes beautez et ma cuisante braise,
Puys que mes vers rengregent mes douleurs.

CHANSON

A L'ADMIRÉE

*L*as ! je jugeoys par tes beaux yeux
  Qu'Amour me seroit gracieux,
    Me decevant moy-mesme ;
Mais, las ! je le sens furieux
  Par ta rigueur extresme.

Helas ! j'ay fait ce que j'ay peu,
Cuidant faire amortir le feu
  De l'amoureuse flâme ;
Mais c'est en vain, car je n'ay sceu,
  Tant forte elle m'enflâme.

Je me suis feint, en vers, heureux,
Flattant le souci langoureux
  De ma triste détresse ;

Mais ce malheur tant malheureux
Pour cela ne me lesse.

Cuydant apaiser ce tourment,
Je me suys feint trop faussement
   Cueillir de ta bouchette
Maint baiser sucré doucement
   Sur ta levre mollette.

Souvent j'ay menty les esbatz
Des nuicts, t'ayant entre mes bras
   Folâtre toute nue ;
Mais telle jouissance, helas !
   M'est encore incongnue.

Pensant contenter mes espriz,
J'ay souvent rempli mes écriz
   De mignardes feintises,
De jeux contrefaitz, de soubzris,
   De feintes mignardises.

Me promectant par fiction
La reciproque affection
   De celle que j'adore,

J'ay trop couvert la passion
　Du mal qui me devore.

Las ! je pensoy qu'en déguisant
L'Amour qui va tirannisant
　Mon ame langoureuse,
J'iroy par ce point apaisant
　Sa playe rigoureuse.

Mais je voy bien que ce trompeur,
Cet Amour qui blessa mon cœur,
　Bien qu'il soyt plein de songes,
Ne veut adoucir sa rigueur
　Pour de vaines mensonges :

Car tousjours ce cruel, depuys,
Redoublant mes tristes ennuis
　Et sa rigueur trop dure,
De plus en plus m'engouffre aux nuiz
　De sa prison obscure ;

Et, sans avoir de moy pitié
Ny de ma constante amitié,
　Ma maistresse trop belle

Plus qu'au premier jour la moitié
Maintenant m'est rebelle.

De sorte, helas! que, si je veux
Me vanter du nombre de ceux
    Que l'Amour favorise,
Il faut que mon heür, malheureux,
    En papier je déguise.

Mais, ô povre soulagement
A mon pitoyable tourment!
    O povre recompense
Du mal que tant injustement
    Je reçoy sans offense!

A N. DE CHAUMONT

ELEGIE

Quand je te fay de mes vers un discours
Dont le subgect n'est autre que d'amours,
Tu es songneux de sçavoir qui m'inspire
De tant sonner sus l'amoureuse lire.
Ce n'est Phœbus qui par accordz divers
Vient compasser le nombre de mes vers;
Ce n'est aussi la voix de Calliope,
L'heur de Parnasse, et l'honneur de sa Trope.
C'est l'œil vainqueur qui tient le mien surpris,
Le seul outil qui polist mes ecriz;
Ce que je tiens de parfaict en mon ame,
Ce que je fay, tout provient de ma Dame.
Soit qu'el' se pare au matin proprement
De son manteau, folâtre açoustrement,

19

Dont la couleur diversement changeante
Faict bigarrer sa chambrette luysante,
Je ne prens lors mon subgect qu'au manteau,
Dessoubz lequel niche maint Amoureau ;
Je n'ay alors autre plus douce cure
Qu'à mignotter sa doüillette fourrure.
Si j'aperçoy ses blondz cheveux mignardz
Autour du front folâtrement eparz,
Je ne despeins que ses tresses dorées,
Qui vont flottant en vagues égarées.
Si je la voy toucher d'un doy roulant
De la guitayre un passage coulant,
Et sa main prompte et son doux chant j'admire,
Qui faict rougir honteusement la lyre.
Si je la voy d'un sommeil gracieux
A demi-morte entressiller les yeux,
Si je peux lors dans sa moyte bouchette
Succer l'odeur d'une aleine doucette,
Si je l'enten mouvoir, rire ou parler,
Si je la voy d'un glissant pied couler,
Dru, dru, fuyant en ronde verdugade,
Si l'aguignant elle me contr'œillade,
Tout ce qu'el' dit, et bref un rien qu'el' fait,
Plus que des Dieux me semble œuvre parfait,
Et en cela, en cela seul, j'anime

Les doux accents de ma nombreuse rime.
  Le nautonnier des ventz devisera,
Le laboureur de ses beufs parlera,
Le fier soldat de quelque âpre blessure,
De son bétail le berger aura cure ;
Les uns diront Briare furieux,
Avec cent mains rampant contre les Dieux ;
Mais je ne peux de ma guitayre tendre
Si haut encor les foibles cordes tendre.
L'œil de Madame est mon divin object ;
Je trouve assez en amours de suget,
D'amours je vy, et d'amours je respire ;
D'amours friand, d'amours je veux escrire.
Si ma poitrine aux raiz d'un feu plus chaud
Pouvoit darder ses flamesches plus haut,
Je guinderoy mon humble petitesse
Jusqu'au sommet de ta brave hautesse ;
Mais de l'amour ce doux-amer venin,
Qui va suçant, cruellement benin,
Le tiede sang de mon corps goute à goute,
Par devers luy retient mon ame toute.
Jusqu'à la mort ma guitayre bruira
Cet humble orgueil, qui, las ! m'y conduira.
Après la fin de ma trop brefve vie,
El' bruira l'œil dont el' sera ravie.

Et s'il advient, amy, qu'un souvenir
Te fasse un coup pitoyable venir
Auprès du coing où sera ma closture
De marbre noir, en noire sepulture,
Au moins allors, pour la forte amytié
Dont je te suis tant vifvement lié,
Dessus mes os épandant quelques larmes,
D'un long soupir dy et redy ces carmes :
« Helas ! voicy, helas ! voicy le lieu
Où gist le corps, mais corps d'un demi-dieu,
Que l'œil trop beau d'une Nymphe trop belle
Ensorcela d'une poison mortelle ! »
O moy heureux, heureux après ma mort,
Si tu plains, las ! mon pitoyable sort !
O de mon corps la cendre fortunée
S'elle reçoit si douce desiinéé !

SONNETZ

XCVIII

A C. DE LESTRANGE

PROTHENOTAIRE DE MONSEIGNEUR LE CARDINAL
DE GUYSE

Je te vouloys nommer bien-heureux, de ta race
Descrivant la grandeur, de tes nobles ayeux,
Dont tu vas ensuyvant le sentier vertueux,
Qui jà dedans le ciel te promect une place,
Et bien-heureux d'avoir cette divine grace
Qui te fait estimer des plus grandz demi-dieux,
Et d'avoir doctement recueilly tout le mieux
En ton jeune printemps des douceurs de Parnasse ;
Mais je meciz maintenant le comble de ton heur
De sentir le torment de ce plaisant malheur,
Dont te perdent les yeux de ta belle Carite.

Plus qu'autre homme vivant nous sommes donc heureux,
  Toy et moy, d'esprouver ce doux mal amoureux
  Pour l'extréme beauté de deux Nymphes d'eslite.

XCIX

A SA CARITE

POUR LUY-MESME

Si tu n'as point ta pareille en la France,
  Non dans le rond de tout ce monde bas,
  Doibz-tu tousjours ainsi traiter, helas !
  Le serviteur de ta rare excellance?
Doibt-il tousjours, pour toute recompense,
  Pour toy prouver mille nouveaux trépas?
  Tousjours languir esclave dans tes laz,
  Sans en attendre aucune delivrance?
Dure façon ! quand par la cruauté
  L'on pense mieux garder sa chasteté
  La remparant d'une fierté rebelle.
Ne peut donq pas la vierge chastement
  Faire à l'amy quelque doux traictement,
  Sans le meurdrir d'une rigueur cruelle?

C

A JAN JOUNAUT,

SEIGNEUR DE LA TROUILLARDIERE

Tu es heureux d'avoir un peu abandonné
  Ton Anjou, pour venir sejourner dans le Meine ;
  Heureux en est le jour, heureuse en est la peine,
  Qui t'ha si doucement en si beau lieu mené.
Je croy que la Mignarde à qui tu as donné
  Ton cueur entre ses mains n'est point tant inhumaine
  Qu'elle vueille tousjours voyr ta constance vaine,
  Sans que ton amour soyt pas elle guerdonné.
Voylà ! nous ne sçaurions changer cette puissance
  De ce grand sort fatal, qui dès nostre naissance
  Nous regle comme il veut d'un destin assuré :
Ce destin n'a permis qu'en ta terre Angevine,
  Encores qu'il y ait mainte beauté divine,
  Ton esprit se soit tant qu'au Meine enamouré.

CI

A ANTOINE GUYART

Du temps que les esprits paresseux de la France
  Estoient couvers encor d'un voile languissant,

Et que des bons autheurs le sçavoir florissant
  Dormoit dessoubs la nuit de l'obscure ignorance,
Lors les plus vieux à peine avoient-ils la science
  De cela qu'aujourd'huy l'enfant est congnoissant,
  Et par-trop laschement ils s'alloient bannissant
  D'avoir plus que d'un art la povre expérience.
Mais on peut maintenant, mieux qu'en l'age ancien,
  Faire plus d'un estat, comme tu pourrois bien,
  Meslant les vers plaisans avec la loi severe :
N'as-tu leu, mon Guyart, mesmement dans tes loix,
  Que le Jurisconsulte allegue mille fois,
  Les vers sententieux de ce sçavant Homere?

CONTRE UNE VIEILLE

MAQUERELLE

QUI AVOYT MÉDIT DE SON ADMIRÉE

Ce n'est pas la premiere foys,
Mastine, que par tes aboys
Tu as souillé la renommée
De ma Mignonne plus aimée.
Ce n'est pas la premiere aussi
Que, d'un soing paillard et transi,
Réchauffant ta bourbe puante
D'unguentz et d'ulceres coulante,
Tu as voulu me pourchasser,
Mâtine, pour te putasser.
Est-ce pour autant qu'en arriere[1]
J'ay mis ta trop sale priere,
Pour autant que je n'ay voulu
Souler ton appetit goulu,

20

Me meslant avec ta charongne,
Que tu mesdis de ma Mignonne ?
Osas-tu bien, vieille putain,
Vouloyr le pourri de ton sein
Joindre avec la delicatesse
De ma fleurissante jeunesse ?
Osas-tu bien te hazarder,
Putain, de me vouloir darder
Le fiel de ta bouche baveuse,
Après l'aleine savoureuse
De celle là qui jusqu'au cueur
M'ensucre et paist de sa liqueur ?
Dy, vieille paillarde effrontée,
Dy, vieille chancreuse edentée,
Osas-tu seulement penser
Pour toy de me faire laisser,
Pour ta débordée infamie,
Le chaste embrasser de m'amie ?
Tantost je me transporteroy
Pour une vieille comme toy,
Maquerelle tant deshonneste,
Pour une horrible et laide beste,
Pour un tel vieil haillon souillard,
Dont un baiser le plus mignard
Et la plus gentille caresse,

C'est, quand bouche à bouche on la presse,
El' fait distiller un morveau
Qui sent son parfum de bordeau,
Qu'à peine retins-je mon ame
(Putain Napleusement infame),
Quand tu m'accolas en trayson,
De s'envoler de sa prison.
Tant seulement la souvenance
De ta putaciere excellance,
Craignant encor un tel émoy,
Or' me fait presque issir de moy.
Et puis cette vieille sorciere,
S'enfournant dans quelque perriere,
Ou cherchant loing de la clarté
Quelque vieil gibet écarté,
Et arrachant, l'orde bourrelle,
Ongles, crins, yeux, gresse et cervelle
Des noirs pendus les plus infectz,
Horreur et honte des forfaictz;
Puis tantost en bas descendue,
Se gressant d'unguentz toute nue
Et dressant un œil furieux
Contre les étoilles des cieux,
Et, d'une fureur redoublée
Dans sa fole teste troublée,

Jectant épouvantablement
En l'aer maint grondant hurlement,
Toute écrinée elle exorcise,
Conjure et anathematise,
En hautz siflements et en cris,
Tous les noirs jour-fuyans espriz.
Puis sans cesse elle brouille, pile,
Elle pressure, elle distile
Ne sçay quels justz empoisonnez
Tous de charmes environnez;
Et par cela cette meschante,
Cette horreur du monde, se vante,
Aveuglant mes sens et mes yeux,
Me rendre d'elle furieux.
Mais cette chienne furieuse,
Tigresse, enragée, envieuse,
Ores voyant que ses desseins
En mon endroit se trouvent vains,
Elle ha son recours à mesdire
De la Mignarde que j'admire,
Que j'admire et admireray,
Que saintement je vanteray,
Tandis que ma poitrine molle
Pourra soufler une parole,
Tandis qu'un petit souvenir

De moy me pourra retenir.
Et deusses-tu crever de rage,
Parangon de macquerelage !
Va donq, et purgeant le malfait
De ton miserable forfait,
Expiant l'execrable vice
De ta sacrilege malice,
Attache à ton col ce cordeau.
Voicy l'Yambique bourreau
Qui jà t'apporte la vengeance
De ta malheureuse mechance !

A JOA. DU BELLAY

Ces neuf bien aprises pucelles,
Je dy ces belles, qui du son
De leurs neuf lyres immortelles
Fredonnent sus mainte chanson ;
Je dy les filles de ce Dieu
Qui fait trembler toute la terre
Alors qu'il perce le meilieu
Du Ciel d'un éclatant tonnerre ;

Cette belle troupe divine,
Bouillante d'un ardent desir,
Souvent en ta terre Angevine
Se venoit donner du plaisir ;
Et de ce pas souventefoys,
Ces belles prenoient bien la peine,
S'écartant par le Vandomois,
De venir jusqu'en nostre Meine.

Mais qui faisoyt à ces Mignardes
Abandonner le saint Coupeau,
Et leurs fontaines gazouillardes
Qui roülent par maint cler ruisseau?
Qui leur faisoyt laisser les fleurs,
Et la verdeur de la campagne,
Et les odorantes douceurs
Qu'on sent tousjours en leur montagne?

Qui leur faisoyt laisser le branle
Qu'ensemble sur le mont cornu
Ell' dancent d'un geste et d'un branle,
S'entretenans d'un beau braz nu?
Qui leur faisoyt abandonner
La douce fraicheur des ombrages,
Et le vent qu'on oyt resonner
Si mollement en leurs boccages?

Mais qui faisoyt donq à ces belles
Laisser le plaisir qu'en tout temps
Ell' ont des douceurs immortelles
De leur perdurable printemps,
Pour venir si bien aborder
Au fertil rivage de Loyre,
Et là les bastiments fonder

D'un autre temple de Memoyre?

Sinon toy qui peux, de la grace,
Coulante dans tes vers si doux,
Heureusement de cette race
Gaigner le cueur par dessus tous?
Toy qui la peux mieux enchanter
De ta chanson delicieuse
Qu'Apollon du plus doux chanter
De sa lyre melodieuse?

Mais maintenant, pour ton absence,
Ta terre est veuve du bonheur
Qui la tenoit, en ta presence,
Orgueilleuse de ton honneur.
Et non ton Anjou seulement,
Mais toute la France se treuve,
Pour te perdre si longuement,
Presque de toutes Muses veuve.

Vien resjouyr de ta venue
Ta France, qui, pleine d'émoy,
Tousjours en dueil entretenue,
Ha languy pour l'amour de toy.
Vien voir tes plus chers compagnons,

Vien, mon Bellay, ne les refuse,
Puis qu'ils sont des plus chers mignons
Du premier rolle de la Muse!

Mais, comme tu le sçais bien faire,
Il te faudra sus tous choisir
Un vers qui pourra satisfaire,
Donnant un immortel plaisir
A cette Princesse du sang,
C'est nostre docte Marguerite,
Qui d'estre mise au premier rang
Sur toutes Princesses merite.

El' congnoist, la docte Princesse,
Ceux qui remplissent leurs ecriz,
Et qui les chargent d'une presse
De motz qui languissent sans pris;
Et ceux qui tirent de si loin
Un tas de si hautes sentences
Qu'eux-mesmes ilz auroient besoin
D'interprete à leurs quint'essences.

Elle congnoist la pauvre plume
De ces poëtes contrefaitz,
Qui de piller ont la coustume

Des autres tous les meilleurs traitz;
Et celuy qui, tout plein de vent,
Enflant ses vers d'un vain langage,
Veut contrefaire du sçavant
Pour estre ignorant davantage.

Et si sçait d'un loz veritable
Aprouver les écriz bien faictz
De ceux qui font preuve louable
D'avoyr leu les ouvriers parfaictz,
Et qui, sans contraindre ou genner
Leur douce et naturelle veine,
Peuvent doctement façonner
Des écriz qui coulent sans peine.

Rien ne deçoyt la docte oreille,
Rien ne deçoyt le jugement
De cette perle nompareille,
Qui en sçait parler doctement;
Une si riche perle encor
Ne fut aux Indes recherchée,
Ni dans un precieux tresor
Entre des chers joyaux cachée.

Tu es heureux en ta jeunesse

D'avoir si doctement chanté
Que l'esprit de cette Princesse
S'en est à bon droict contenté ;
Et moy heureux si je pouvois,
Par ma rime encores foiblette,
Estre envers elle quelquefois
En l'esperance d'un poëte.

DES VICES ET MEURS CORROMPUES DE NOSTRE AGE

 alheureux le siecle où nous sommes
Bien qu'un châcun heureux le crie,
Puis que dans la race des hommes
Toute vertu s'en va périe!
Puis qu'un châcun ne fait plus rien
Qu'inventer des vices nouveaux,
Et puis qu'un abisme de maux
Fait quitter la place à tout bien!

Et puis que l'on voit la jeunesse,
Plus qu'el' ne fut onques mal née,
Languir dessoubz une paresse
Trop lâchement effeminée!
Puys qu'on voyt mesmes les plus vieux,

Sans avoyr honte de leurs ans,
Servir aux femmes de plaisans,
Plus que les jeunes vicieux!

Où est aujourd'huy la vaillance,
Où est maintenant le courage,
Qui foudroyoit en la jouvance
Du jeune vainqueur de Carthage?
C'est mieux aujourd'huy nostre cas
D'estre mollement amoureux;
Mais, pour estre tant valeureux,
Nous sommes par trop delicatz.

L'un s'excuse dessus la peine
Alors qu'il faut vestir les armes,
Cettui-cy, pris de crainte vaine,
Tremble au moindre bruit des alarmes;
L'autre, de la terre venu,
Ayant tout terrestre le corps,
Est tousjours après ses tresors
Et dans ses terres retenu.

S'il faut faire l'experience
Des dictz d'une sainte doctrine,
Ou bien avoyr la congnoissance

De nostre parole divine,
Tout cela nous est déplaisant;
Ou nous disons tous d'une voix
Que ces trop rigoreuses loix
Nous chargent d'un fais trop pesant,

Ou bien que l'homme est trop fragile
Et ha l'humanité trop grande
Pour faire ce que l'Evangile
Tant étroittement luy commande.
Ainsi soubz noz piedz abattu
Nous voyons mourir tout bon-heur,
Et, cuidans sauver nostre honneur,
Nous faisons de vice vertu.

Aujourd'huy toutes choses bonnes
Meurent, et pas un ne se treuve
Vivant en toutes les personnes
Qui soyt bon amy à l'épreuve;
C'est à qui mieux déguisera
Son parler faussement menteur,
Et qui d'un visage flatteur
Son compaignon retrompera.

S'il faut besongner de la plume,

Nous ne brouillons plus que des songes,
Tant est desjà nostre coustume
Abruvée en foles mensonges ;
Brief, ce n'est rien que vanité
Des beaux actes que nous faisons,
Et des propos que nous disons
Ce n'est rien moins que vérité.

J'ay quelquefoys, en ma jeunesse,
Passé par la flâme amoureuse,
Flatté des yeux d'une maistresse,
Qui dans sa prison langoureuse
M'esclavoit d'un aveugle soin ;
Mon papier, remply de mes criz
Et de mes plus mignardz écriz,
N'en sera que trop bon tesmoin.

Mais je voy bien que cette rage
N'est tousjours en la fantaisie,
Raclant desjà de mon courage
Cette trop douce frenesie.
Ainsi, guidant plus sagement
Les dons que j'espere des Dieux,
Bientost je puisse faire mieux,
Pour contenter ton jugement.

Allors j'auray bonne asseurance
Que les doux travaux de ma Muse
Vivront, quand desjà nostre France
En ces erreurs ne la refuse;
Et lors, mon Devin, je diray
Plus haut les vices de nos ans,
A tes vertus les opposans,
Tes vertus que je publiray.

SONNET CII

A P. DE SAINT DENYS

SEIGNEUR DE PUISENSAUT

uoy donq! mon Saint Denys, ce vulgaire envieux
Jappe contre mon nom, qui, maugré son envie,
Luyra tousjours plus beau d'une plus belle vie,
 Tant plus il m'aboyra salement odieux?
Pour des bavards caquets ainsi malicieux
 La memoire des bons n'est jamais abolie,
 Ains par cela plustost hautement ennoblie
El' s'en monstre plus belle, et n'en vit que trop mieux!
Si donq nostre amitié, qui dès la tendre enfance
 De nos plus jeunes ans nous monstroit sa puissance,
 Retient encor, amy, quelque place dans toy;
Appelle mon Tronchay, mon Bigot, mon Clement,
 Mon Gatté, mon du Tertre, et d'un sain jugement
 Monstrez-vous tous amys de mon nom et de moy.

22

A CHARLES BELOT

SUR LA MORT DE SA SŒUR, FRANÇOYSE BELOT

ELEGIE

Rien, rien que d'inconstant tout ce grand Ciel n'ense.
Dans le rond spacieux de toute nostre Terre,
Rien n'est si bon, si beau, si grand ne si parfait
Qu'avec le temps goulu l'on ne voye défait,
Que l'effroyable mort, d'une hideuse face,
Sans pitié meurdrissant de ses dards ne déface !
Maint s'ébat aujourd'huy et vit joyeux et sain
Ne sachant point, helas ! qu'il doibt mourir demain !
Maint s'égaye au matin à qui le soir apreste
Desjà quelque malheur pendant dessus sa teste.
L'homme est tant malheureux, tant, qu'il n'a rien de seur
Durant ses ans si coürs, sinon que le malheur !
Charles, tu le congnois, par le sort pitoyable
De ta sœur, que la Mort fierement imployable

Ha fait ployer au joug de ses trop justes loix,
Dont elle assujetist tous les hommes, sans choix,
Et dont elle ha ta sœur hors du monde ravie
Presqu'avant qu'elle ayt sceu que c'estoit de la vie.
Jà le Souleil couchant se panchoit contre-val,
Quand, avec son mary, passant sus un cheval
Une riviere à gué, mais, mais trop peu craintive,
Desjà se promectant jouer sus l'autre rive,
Par ne sçay quel hazard tomba dans le plus creux
D'Huygne, le pire, helas! des fleuves mal-heureux,
Huygne qui desormais fera vivre son onde
Pour avoir faict mourir une clarté du monde.
Lors son mary, cuydant la sauver du danger,
Soudain ne craignit point dedans l'eau se plonger,
Se hazardant ainsi par mesme destinée
Voyr sa vie et la sienne en mesme heure finée.
En vain lors il tâchoit entre ses braz trouver,
En vain sus l'eau flotant il tâchoit de sauver
Celle qui desjà morte entre les eaux perdue
Restoit au goufre bas d'une fosse étendue;
En vain depuis, frapé d'une extreme douleur,
En vain se tourmentant d'un si piteux mal-heur,
Echapé du danger, il pleuroit la misere
Et la cruelle mort de son espouse chere,
Qui dormoit ce pendant au plus creux de l'eau; mais

C'estoit du somme dont on n'esveille jamais !
Toutesfois à l'entour d'elle mille Nayades,
La pensans resveiller de leurs douces aubades,
En chantant s'esgayoient d'avoir un si bon heur
Que voir leurs clairs palais honorez de l'honneur
Dont la terre autrefois (mais or' deshonorée)
Pour l'avoyr dessus elle en estoit honorée.
Helas ! Nymphes des eaux, vostre chant ne peut pas,
Vos dances ni voz sautz, decevoyr son trespas !
Aussi vous le voyez : desjà sa mort certaine
Vous étonne les yeux ; jà vostre maison, plaine
De lamentz et soupirs, convertist vos doux chantz
En trop funebres sons et en sanglotz trenchantz ;
Jà desjà, soubzlevant sa teste apesantie,
Las ! vous tâchez en vain de luy rendre la vie ;
Hé ! vous tâchez trop tard luy donner guarison
En la poussant dehors vostre humide prison.
Las ! il failloit plus tost, paresseuses Nayades,
Jecter dessus son corps voz piteuses œillades,
Et, fendant de voz eaux le fil d'un viste cours,
Plus tost, las ! il failloit venir à son secours !
Allez, allez pleurer vostre faute trop grande :
Ainsi vostre grand Dieu, Nymphes, vous le commande,
Et veut que tesmoignez jusqu'à mil et mil ans,
En tristesse et en pleurs dolentement cuisans,

Ce destin malheureux, et la mort avancée
De la Nymphe, au regret d'un châcun trépassée.
Las ! helas ! c'est de toy, Françoyse, c'est de toy
Qu'on pleure, qu'on soupire en si piteux émoy ;
C'est de toy que l'on parle, helas ! c'est toy, pauvrette,
Qu'avec tant de clameurs tristement on regrette.
Mon Dieu, quelle pitié ! ha Dieu ! je voy ton corps,
Ce me semble, flotter et reflotter dehors
De l'eau, qui te promeine, et qui, trop inconstante,
Çà et là te virant, par vagues te tourmente ;
Je le voy tournoyer à dent et à l'envers,
J'entrevoy tes cheveux d'espès herbiers couvers,
Je voy ton corps nageant, sans tache ni froissure,
Contre un chesne arresté, qui tranchoit d'avanture
Le travers de ce fleuve, où l'aveugle destin
Ha borné de tes jours la miserable fin.
O combien j'aperçoy de noz Nymphes du Meine,
Lamentant aigrement ta fortune inhumaine,
Hastives pour te voyr, venir de toutes pars,
Se détordre les mains, leurs beaux cheveux épars
Arracher de dépit, se battre la poitrine,
Dresser tantost au Ciel les yeux d'un piteux signe,
Tantost en gémissant les baisser contre bas,
Tost d'un blesme regard tristes croiser les bras,
Tost à l'entour de toy mouiller toute la place

De pleurs, qui chaudement s'écoulent de leur face!
Je voy l'une blâmer le destin et les Cieux,
Je voy l'autre invoquer à ton ayde les Dieux,
Et comme cette-cy, fondant en pleurs, te touche
Le front, les yeux, le nez, le menton et la bouche.
J'en voy d'elles beaucoup te retâter le sein,
Touché par plusieurs fois; mais, helas! c'est en vain:
Car l'humide froideur de l'eau par trop cruelle
Ha glacé de ton corps la chaleur naturelle,
Quand, presque de troys jours gisante au fons de l'eau
Que desjà l'on craignoyt te servir de tombeau,
Tu restoys étoufée en l'abisme d'une onde
Qui sans cesse tournoye en sa fosse profonde.
O combien de lamentz d'une éclatante voix
Et de sanglotz amers poussez tous à la fois
Un châcun fait pour toy, et de criz pitoyables
Bondir jusques aux cieux en plaintes larmoyables!
Où est le cueur si dur qui n'eust quelque pitié,
Oyant tant seulement des regretz la moitié
Que font tous tes parens auprès tes deux fillettes,
Qui baignent tout ton corps de chaudes larmelettes?
Un châcun, las! te pleure; un châcun, las! te plaint;
Mais ton frere sus tous, Charles, le plus atteint
De douleur, par ta mort aussi mort que toy-mesme,
Pour toy meurdrist ses yeux d'une langueur extresme.

Pour toy sans fin en deuil, pour toy sans fin pleurant,
Pour toy tousjours sculet et tousjours souspirant,
Il se consomme tout, et remplist de tristesse
En ce tant doux Printemps celuy de sa jeunesse;
Et semble à ses propos, et à sa face aussi,
Qu'il se doibve à jamais genner d'un tel soucy.
Charles, ne pleure plus, ne pleure en telle sorte :
Ainsi comme tu croys ta Françoyse n'est morte !
Ta Françoyse n'est morte, et jamais ne mourra
Tandis que la vertu vertu se nommera.
Croy que tousjours vivra d'elle la part meilleure,
Tant que la chasteté d'une constance seure,
Tant que la bonne grace, et qu'un esprit bien né
De cent perfections prodiguement orné,
Et tant que la bonté dedans l'humaine race,
Pourront divinement retenir quelque place.
Mesmement la riviere, où par un cruel sort,
Sort tousjours envieux, el' ha gaigné la mort,
L'ayant si gloutement dans sa gorge ravie,
Sera dorénavant la cause de sa vie :
Car, nous voyant ainsi pour ta sœur larmoyer,
Pour ta sœur de nos pleurs nous-mesmes nous noyer,
Huygne, troublant le teint de son onde azurée,
Oyant les hauts regrets de ta sœur tant pleurée,
La plaignant à jamais du son d'un piteux flot

A ses bords ne dira rien que : BELOT ! BELOT !
Ainsi que de la mer le resonant rivage,
Après le sort cruel du malheureux naufrage
D'Hylas, aimé d'Hercule, émeu des criz, helas !
D'Hercule, ne disoit sinon : Hylas ! Hylas !
Cesse donc de pleurer, et voy que nostre race,
Mesmes les plus grands Roys avecques leur audace,
Doibvent également (quoy qu'ilz tardent) mourir
Et en un petit rien soubz la terre pourrir ;
Et non seulement nous, mais toute chose née
Quelquefois par la mort se doibt voyr terminée.
Ne t'enquiers point pourquoy celuy qui semble sain
Souvent à l'impourveu trépasse tout soudain,
Pourquoy tant seulement cettui-cy de picqure,
Pourquoy l'autre, navré de petite blesseure,
Pourquoy l'autre en jouant, de son propre cousteau
Void avancer ses jours, ny pourquoy dedans l'eau
Maint perist étoufé, qui, bien près du rivage,
Jà se pensoyt sauvé du menaçant naufrage.
En vain, Charles, ainsi tu voudroys de ta sœur
Sonder le sort fatal, en vain d'un triste pleur
Tu te voudroys genner pour les regrets de celle
Qui ne peut rien ouyr de toute ta querele.
Laissons, laissons couler les destins dans les cieux,
Les destins gouvernez seulement par les Dieux,

Et ne nous tourmentons pour dévoyler la nue,
Qui couvre telle chose aux hommes incognue.
Et vrayment nous monstrons nostre bien fole erreur
De nous trister ainsi d'une vaine douleur,
De nous traisner en dueil, et d'user nostre vie
Trop miserablement aux langueurs asservie,
Pour ceux qui, desjà mortz, trop plus que nous heureux,
Las ! nous devroyent plus iost pleurer trop malheureux !

———

EPITAPHE D'ELLE-MESME

Passant ne t'enquiers point ni comment ni pourquoy
J'ay veu finir ès eaux ma derniere journée.
(Ainsi Dieu l'ha voulu) mais regarde sus toy,
Qui ne pourras, non plus, fuyr ta destinée.

23

A GUILLAUME BOUCHET

Mon amour est langoureuse,
Et la tienne est malheureuse,
Je suis battu de douleur
Autant que toy de malheur;
Et l'un l'autre, en cette sorte,
Son compagnon reconforte,
Donnant un soulagement
Mutuel à son tourment.
Il est vray que les maistresses
Qui nous causent ces detresses
Sont parfaittes en beauté;
Mais quoy? si leur cruauté
Trop cruellement surpasse
Toute leur meilleure grace,
Que nous sert qu'ell' soyent si belles,
Puysqu'elles sont tant rebelles,

Puysque nôtre passion
Vient de leur perfection?
Mais, quoy-que je puisse dire,
Bouchet, d'un si doux martire,
Si sommes-nous bien heureux
D'estre d'elles amoureux.

AD POETAM ET EJUS AMICAM.

Ex græco J. A. Baïfii.

ptimi pueri puella pulchra,
Et pulcher puer optimæ puellæ;
Fœlix sorte tua puella-pulchra,
Fœlix sorte tua puelle pulcher;
Musarum Venerisque chari ocelli,
Ambo delicium novem Sororum,
Ambo delicium aureæ Cytheres,
Ambo delicium tui, suique;
Ambo candiduli, tenelli utrique,
Dulci vivite copula revincti.
O fœlix puer! o puella fœlix,
Musarum Venerisque chari ocelli,
Musarum Venerisque in omne tempus
Una carpite flosculos virentes!

JANI TARONIS.

ORAISON

DE

JAQUES TAHUREAU

AU ROY

ORAISON DE IA-

ques Tahureau Au Roy:

De la grandeur de son regne, et de
l'excellance de la langue
françoyse.

Plus quelques vers du mesme autheur
dediez à Madame Marguerite.

ℍℂℍℂℍℂℍℂℍℂℍℂ
ℍℂℍℂℍℂℍℂℍℂ
ℍℂℍℂℍℂℍℂ
ℍℂℍℂℍℂ
ℍℂℍℂ
ℍℂ

A PARIS.

Chez la veufue Maurice de la Porte, au clos
Bruneau, à l'enseigne sainct Claude.

1 5 5 5.

AVEC PRIVILEGE.

EXTRAIT DU PRIVILEGE.

Par privilege donné à Paris le trentiesme d'apvril mil cinq cens cinquante cinq, signé Aubery, il est permis à Catherine l'Heritier, veuve de feu Maurice de La Porte, libraire, d'imprimer ou faire imprimer un petit livre intitulé ORAISON DE JAQUES TAHUREAU AU ROY : De la grandeur de son regne et de l'excellance de la langue Françoise. Avec inhibitions et deffences à tous autres de non imprimer ou faire imprimer ledit livre jusques au terme de quatre ans consécutifs finiz et accomplis, sur peine de confiscation des livres et d'amende arbitraire.

A MADAME MARGUERITE

Madame, je ne me proposay jamays autre plus heureuse fin, travaillant en la langue Françoyse, que de pouvoir faire chose qui vous fut agreable ; mais si tel desir a esté tousjours la principale cause qui m'a incité jusques icy de prendre quelque peine d'écrire, vous me l'avez d'avantage augmenté depuys qu'il vous pleut me faire tant d'honneur que de voir d'un bon œil ce peu et presque rien que je vous presentay de mes écris, au regard de vos louables et uniques vertuz, qui demanderoient je ne diray point un Homere, ny un Virgile, ny autre tant soit-il excellant de nostre age, mais une divinité pareille à la vostre (si autre que vous la pouvoit recevoir) pour vous orner dignement des honneurs et louanges que vous meritez. Toutesfois, Madame, je fauldray encores pour

24.

ce coup en vostre endroit, m'asseurant que vous ne sup-
plerez pas moins, pour ceste seconde fois, à mon def-
faut, que vous feistes à la premiere, et que par vostre
moyen (au moins s'il plaist à vostre honnesteté me juger
digne de si grande faveur) le Roy verra cette petite
Oraison que je luy adresse, non point de moindre
cueur que je désireroys aussi bien employer ma vie pour
son service que ma pleume.

Madame, je me suis encores hazardé de vous en-
voyer quelques continuations que j'ay faites de mes
Muses, à celle fin que je puisse connoistre si le stille et
le suget dont je les ay composées vous seront agrea-
bles, pour en parfaire un œuvre entier et le laisser
quelquefois aller parmy la France, à la faveur de vostre nom, que je revere et revereray tandis que j'honore-
ray la vertu, et que j'auray connoissance des choses
excellentes et dignes d'admiration.

Du Mans ce XV d'Apvril 1555.

Celuy qui en toute reverance, baise les mains de
vostre grandeur.

ORAISON

DE

JAQUES TAHUREAU

AU ROY

———

IL ne faut point douter, Sire, que, selon le changement des regnes, la souveraine prevoyance de là haut n'ordonne çà bas d'un gouverneur pour les guider, ainsi que la condition du temps heureuse ou malheureuse le demande. Or celuy, Sire, sera bien peu voyant et aura l'esprit plombé d'une étrange sorte, qui ne connoistra bien fort aisement comme, la grace aux Dieux favorables, nous sommes en un siecle tant heureux qu'il est impossible de plus ; et faut croyre, s'il y devoit arriver du changement,

que ce seroit bien du pire; car d'estre meilleur ne
plus excellent il ne se pourroit faire, tant la Nature
et les Cieux se sont efforcez de montrer en sa grandeur le plus de leur puissance. S'il est donques
ainsi que nous soyons au Regne le plus heureux
qui arriva jamais, qui seroit celuy tant brutal et dé-
pourveu de tout jugement raisonnable, qui voudroit
nier que pareillement la divine bonté ne nous ayt
pourveu, pour Soleil d'un tant heureux siecle, d'un
Roy le plus grand et le plus heureux qui commanda
onques sur la terre?

C'est vous, Sire, et n'en doutent certes pas mesme
voz ennemys; c'est vous, qui estes destiné comme
le plus heureux de vôtre age, le premier des Roys,
à voir vôtre Regne le plus heureux des Regnes,
vôtre puissance la plus heureuse des puissances et
vôtre peuple le plus heureux des peuples. C'est
vous, Sire, qui verrez voz entreprises apuyées de
tout droit equitable et bravement soutenues des
plus vaillantz hommes du monde, prosperer en
toutes heureuses fins. C'est vous, Sire, qui verrez,
mais qui voyez desjà vôtre siecle fleurir en bonnes
lettres, s'immortalizer en doctes écris, se façonner
en vertueux exercices, se reveiller aux plus divines
inventions, se polir en toutes civilités recommanda-
bles, et bref en toutes louables vertus lever la teste,
et principalement en vôtre France, sus tous les
autres siecles qui l'ont jamais devancé.

Un chacun desjà connoist combien le Tres-chres-

tien HENRY, en temps de guerre et de paix, et par
actes vaillantz et par humaines polices, surpasse
tous les Roys qui ont jamais esté devant luy. Qui
ne sçait les braves et vertueux effortz dont il ha
dès sa jeunesse surmonté les plus fines et vieilles
ruses de l'Empereur, l'un des plus cauteleux et
vaillants des Cæsars, qui entreprenoit desjà, s'il ne
luy eust coupé le chemin, se faire craindre et presque reconnoistre seul prince de tout le monde?
Qui ne sçait l'amiable et plus qu'honneste traitement qu'il faict à ceux mesmes lesquelz il pourroyt,
par droit de guerre et sans blesser sa plus humaine
bonté, faire tous passer au fil de l'espée? Qui ne
sçait que lui-mesme, se hazardant comme l'un de ses
gens-darmes aux plus horribles dangers et n'ayant
d'autre fort devant luy, pour faire teste à son ennemy, que sa vaillance et sa vertu, il méprise sa
vie pour soustenir son droit, maintenir sa grandeur
et redoubler la gloire de sa nation Françoise? Qui
ne sçait les victoyres qu'il a desjà gaingnées et
gaingne encores tous les jours contre tous ceux qui
veulent en vain et trop follement entreprendre ou
de l'assaillir ou de resister aux merveilleuses forces
de sa puissance? L'Allemagne, l'Italie, la Lorraine,
la Picardie, que di-je? mais toutes les Nations du
monde peuvent porter témoignage ou de la douceur de nôtre Roy ou de sa vaillance! Qui pourroit
voyr acte plus digne d'un Roy que d'estre tousjours
prest non seullement de soutenir les siens, mais

de prester la main aux peuples qui sont matinezdes
exces de quelque tiran ambicieux ou villainement
reduitz de leur douce, legitime et antique liberté,
au joug d'une rigoureuse, bastarde et nouvelle ser-
vitude?

Laissons les étrangers, et venons aux louables et
divines polices dont il regist les siens, de telle façon que le peuple Françoys tout d'une voix loue et
beneist l'heureuse journée, l'heure et le moment
qu'il nasquit sus la terre, destiné pour estre son
Prince.

Qu'estoyt-ce au temps passé? Quelle horreur,
quelle tyrannie que de voir le peuple François plus
foulé des siens mesmes que de ses plus mortelz
ennemys? Voyr le pauvre laboureur, qui devoit en
seureté manger ce peu de bien qu'il avoit amassé
à force de bras, outragé, batu, pillé, volé, des-
pouillé de ses biens? Voyr sa chaste femme, ses
humbles et simples fillettes trainer impudiquement
et cruellement prendre à force, et de ceux encore
soubz la garde desquels il devoyt reposer à son
aise et seurement prendre son sommeil?

Qu'est-ce au contraire aujourd'huy? Quelle juste
police! Quelle humanité! Quelle douceur, au regard
de ces horribles faictz qui se commettoyent auparavant, de voyr le peuple soulagé de telles pilleries,
de voyr l'homme de guerre se montrer modeste,
honneste, pitoyable et courtois par tous les lieux
où il passe, de s'en aller avecques la grace de son

hoste, de le supporter sans faire tort ni à luy, ni
au moindre de sa famille !

C'est vous, Sire, c'est vous, Roy tres-vertueux,
qui estes cause d'un tel bien; et non seullement en
cela la France connoist combien luy sert d'estre
pourveue d'un si grand et sage Prince comme vous
estes, mais en toutes autres choses auxquelles durant les regnes passez elle estoit foulée; et principalement aux fraudes et pilleries des Banquiers et
gens de Justice, elle se sent maintenant allegée de
sorte que plustost voudroyt-elle mille foys mourir que d'avoyr pensé tant soyt peu de desobeir
aux commandements de vostre Magesté.

Le bruit de telle police et de vostre grandeur est
desjà tant épandu par les nations étrangeres, que
celles qui sont les mieux traitées de leurs autres
seigneurs encores ne s'en peuvent contenter, quand
elles ont égard à la grande bonté dont vous usez
envers vôtre peuple, tellement que tous ceux qui
vivent sujets à une autre puissance desirent et se
tiendroient bienheureux de se voyr tous reduiz sous
la grandeur de vôtre Coronne.

Voylà que sert au Prince la clemence plus que la
rigueur, le bon traitement plus que la tyrannie,
l'humblesse plus que l'orgueil, la douceur plus que
la violence et l'equité plus que la force envers les
peuples sus lesquelz il a commandement. Et, bien
que les seigneuries et grandes preéminences d'un
Roy soyent choses qui facent d'avantage honorer

sa majesté, si luy est-il beaucoup plus louable de surpasser les autres qui ont commandement, ainsi que vous faites, en sagesse et meureté de conseil, qu'en terres, possessions et grandeur de puissance.

Cela, Sire, est cause de la bonne police qui se garde maintenant en tous voz païs ; cela est cause de l'honneur et reverance qu'un châcun porte à vôtre Magesté ; cela est cause que vous voyés ainsi fleurir vôtre Regne par dessus tous, et verrés prosperer de mieux en mieux, s'il plaist à ce Souverain, guide de nous tous, vous garder encores quelque temps à vôtre France, qui vous aime, qui vous admire, qui vous aimera et vous admirera encores d'avantage, tant plus elle voudra penser et repenser aux grans biens que journellement elle reçoit de vôtre Grandeur.

Il semble, Sire, que le Ciel, tout exprés pour favoriser vôtre Regne, s'efforce de parfaire tout en vôtre France, mesmement depuis les plus grans jusques aux plus petiz. Que vous soyez le plus grand des Roys, personne n'en peut ignorer ; outre, qui se pourroit vanter d'avoir jamais leu ni veu siecle plus florissant d'honnestes et sages Princes, plus grans et vertueux que ceux de vôtre sang et autres qui baissent sous vôtre Coronne ? De plus sages et dignes Prelats que ceux qui sont ordinairement à l'entour de vôtre Magesté ? De Justice plus juste et mieux policée que la vôtre ? De No-

blesse plus noble et plus chevaleureuse que celle
de vôtre France? D'hommes plus braves et plus
vaillants à la guerre que ceux qui sont à vôtre service? Qui pourroit alleguer un peuple tant indus-
trieusement et avecques plus divines inventions
s'employant, que celuy de vôtre France, châcun
en l'art qu'il entreprend de mener? Bref, Sire, vôtre Regne est monté à tel degré de perfection qu'il
ne peut estre plus accompli, et croy qu'il ne cede
en rien à l'antiquité, soyt en armes ou en connoissance des lettres.

Autrefoys la Grece s'est glorifiée pour estre la
mere des sciences et la premiere à bien dire, ayant
toutes autres langues et nations en reputation de
barbares et mal aprises au regard d'elle, exceptant
neantmoins tousjours les Romains, qui ne se con-
tentoient pas moins d'eux en ce tems là que les
Grecz mesmes. Mais comme cette grande Nature
guydée de ce Souverain Gouverneur ha tousjours
acoutumé de conduyre toutes choses créées à quelque sommité de perfection, puys, après les y avoir
entretenues par quelque espace de tems, peu à peu
elle les rabaisse pour donner accroyssement aux
autres, lesquelles, suyvant son ordre inviolable, elle
éleve et entretient de mesme qu'elle ha fait les pre-
mieres, chacune chose regnant à son tour, et selon
la revolution qui prend son cours, sus tout ce qui
est en ce monde; ainsi le nous fait-elle maintenant
bien connoistre, en la grandeur de vôtre Regne et

25

en la beauté de vôtre langue Françoyse, qu'elle ha
parfaite en son rang, de sorte que les mieux disans
Grecz et Latins ne l'emporteroyent pas sus tant
d'heureuses langues, sus tant de douces et sçavan-
tes pleumes, qui font aujourd'hui profession ou de
bien parler ou de bien ecrire en leur naturel Françoys.

Je ne me sçauroy tenir de dire icy un mot à je
ne scay quelz affectés latineurs, lesquelz, après avoir
tant soyt peu vaqué en la langue Latine, pensent,
à tous les motz qu'ilz jergonnent, parler tousjours
par l'esprit de Ciceron ; comme s'il estoit vray-
semblable qu'ilz peussent bien dire en une langue
étrangere, et laquelle ilz ne sçavent encores à grand
peine qu'à credit, veu qu'en celle qui leur est naturelle, celle qu'ilz ont deu apprendre dès le laict
de la nourrice et où ilz ont esté entretenuz toute
leur vie, à peine sçauroyent-ilz dire troys motz
sans s'y monstrer aprentifz.

D'avoyr la connoissance des langues, c'est une
chose fort louable, mais d'autant plus vicieuse à
ceux qui s'en font si profondz admirateurs qu'ilz en
deprisent la leur, et principalement quand ils ont
chez eus-mesmes une langue autant recommandable
dable que peuvent estre celles des étrangers, ainsi
que nous avons la nôtre, l'une des plus belles langues qui se parla jamais, quoyque tels importuns
desgorgeurs de Latin en vueillent japer, au contraire allegans, pour fortifier leur opinion, je ne sçay

combien de manieres de parler Latines que nous ne sçaurions rendre mot pour mot en nôtre langue. Mais pour un trait de cette sorte qu'ilz métront en jeu, il est aisé de leur en alleguer une infinité d'autres en Françoys qu'il est impossible de rendre en la langue Latine aveques la mesme grâce qu'ilz ont en la nôtre. Ce que je dy de la langue Latine, je l'entens aussi bien dire de la langue Grecque et toute autre telle que ces opiniastres langars vouldront haut-louer pardessus la Françoyse. Jamais langue n'exprima mieux les conceptions de l'esprit que fait la nôtre; jamais langue ne fut plus douce à l'oreille et plus coulante que la Françoyse; jamais langue n'eut les termes plus propres que nous en avons en Françoys. Et diray davantage que jamais la langue Grecque ni Latine ne furent si riches ni tant abondantes en mots qu'est la nôtre, ce qui se pourroyt aisement prouver par dix mille choses inventées que nous avons aujourd'hui, châcune aveques ses mots et termes propres, dont les Grecz ni les Latins n'ouïrent jamais seullement parler; tant s'en faut-il qu'ilz nous surpassent en richesse de parole ou d'inventions.

Si l'on veut dire qu'ilz ayent eu des hommes mieux parlans et qui mettoient plus doctement la main à la plume que les Françoys, encores moins le confesseray-je; veu que nôtre France est pleine d'une infinité d'Homeres, de Virgiles, d'Euripides, de Senecques, de Menandres, de Terences, d'Anacreons, de Tibulles, de Pindares, d'Horaces, de Demosthenes, de Cicerons Françoys, et bref, en quelque maniere d'écrire que ce soit, la France pour le jourd'huy ne doit rien à l'antiquité des Grecs et des Latins.

O France heureuse! Nourrice des plus beaux et plus gentilz esprits qui furent jamais veus, combien ton renom se feroyt bien plus grand et s'épandroit encores davantage, si tu vouloys rendre la louange que meritent ceux qui nous peuvent faire jouir après la mort d'une double immortalité! La louange est la mere et celle qui donne le plus de vie aux sciences et choses honnestes, et que volontiers desirent le plus tous ceux qui ont éleu pour leur but et l'honneur et la vertu. Mais pourquoy dissimulerions-nous une chose qui ne se pourroyt celer et que nous devons mesmes aysement endurer dire de nous? Pour dire le vray, nous sommes tous éguillonnés de je ne sçay quel honneste desir de louange, et le meilleur d'entre nous est bien celuy qu'on voyt le plus mené de gloire. Regardons mesmes à ces sages qui traitent du mépris de la gloire: ne souffrent-ilz pas que leur nom soyt conneu par les livres qu'ilz en composent, et en cela où ilz déprisent le plus ceux qui sont affectez à leurs louanges et aux vanteries de leur noblesse, ne se veullent-ilz pas veoir eux-mesmes vantés et honorés d'en avoyr écrit telles choses au contraire?

Quoy que quelques uns vueillent contre-faire
des mépriseurs de gloire, si n'y ha il celuy tant ennemy des Muses qui n'endure bien fort doucement de voyr une louange de ses nobles labeurs
s'immortalizer par les doctes écris de quelque sçavante pleume. Temistocle le donna fort bien à connoistre à ceux qui l'interrogerent quelz hommes il
entendoyt le plus volontiers parler, lorsqu'il leur fit
responce que ce seroyt bien ceux qui chanteroyent
le mieux sa vertu. Ce grand Alexandre, s'étant
quelquefoys trouvé sus le tombeau d'Achille, dit
de luy : « O bien heureux jouvenceau qui as ren-
contré un Homere pour le chantre de tes vertus ! »
Et à bon droit dit-il telle chose ; car il est tout
certain, si cette grande Iliade n'eust point esté faite,
que le mesme tombeau qui couvroit le cors d'Achille
eust foulé sous la terre ensemble avecques sez oz
et son nom et sa vertu. Cela nous doit servir d'assez suffisant témoignage pour nous monstrer en
quelle recommendation a tousjours esté la louange.
et ceux qui la sçavoient le mieux donner aux personnes qui la meritoient.

Que seroit-ce de tous les enseignemens les plus
sages que nous lisons en une infinité de livres ex-
cellans ? Des exemples de tant de vertueux et
sçavants personnages ? De la vaillance des plus
vaillans, desquelz lisans les Histoires et Croniques
nous ne pouvons faire autrement qu'à leur imitation
nous ne soions émeus de quelque aiguillon de

vertu? Tout cela ne seroit-il pas enseveli sous les
tenebres, si la lumiere des beaux et doctes écriz
n'en eust reveillé la memoire ? Pourroyt-on donq
voyr chose digne de plus grande louange que d'entretenir un tant honneste et divin exercice que celuy des lettres et ceux qui en font preuve, et principalement en nôtre langue, par des écris autant
ingenieux et bien discouruz que jamais les Grecz
et les Romains en ayent montré du tems de leur
plus excellante gloire ?

Aussi donnez-vous bien à entendre, Sire, combien vous estes affecté à cette derniere vertu, qui
est non pas d'estimer seulement, mais d'entretenir
aux estudes et liberalement salarier ceux qui sont
studieux de la lettre, et desquels les jeunes et bien
nez esprits vous promettent d'eux à l'avenir quelque chose de bon et digne d'estre employé à la
description de voz memorables vertus et au service
de vôtre Grandeur.

La France doit encores et à jamais devra un
honneur fort grand aux cendres et à la memoire
de ce grand François vôtre pere, le premier de ce
nom et de sa nation, le premier Roy qui ha com-
mencé de nous reveiller les lettres et priser les
hommes qu'il connoissoit pour leur erudition et bon
jugement meriter de luy tel recueil et tant d'amia-
bles faveurs; mais ce ne vous est pas moins d'honneur, Sire, de nous entretenir en un si heureux
commencement, et plus grand encores de ne nous y

entretenir seulement, mais d'augmenter de plus en
plus la gloire des lettres et faire fleurir de vôtre
Regne la langue Françoyse sus toutes celles dont
l'antiquité s'est estimée par tant de siecles glorieuse.
Certes, Dieu fait beaucoup pour nous avoir donné
un Roi si curieux de la vertu, si vaillant à la guerre,
et ensemble tant affecté aux amis de la science ; non
seulement un Roi, mais toute une race de lui si
bien née, et que les gens de lettres se peuvent bien
vanter d'estre maintenant au regne le plus heureux
et le plus favorable pour eux qu'ilz sçauroient sou-
haiter. Vôtre Sœur, la premiere des Marguerites et
plus excellante de toutes les Princesses, porte assez bon témoignage en cét endroit de la grandeur
de vôtre sang et divinité de son esprit, s'emploiant
tousjours aux plus hautes et plus dignes vertus,
et principalement aux lettres, et l'un des plus honnestes et louables exercices que sçauroient choisir
celles qui sont de son rang.

Et si l'antiquité des Grecz et des Romains se
vouloyt encores opiniastrer en son excellance par
dessus nous, elle ha maintenant bien juste occasion
de le quitter à nôtre Regne, quand nous n'aurions
autre chose à leur mettre au-devant que le divin
esprit d'une tant vertueuse et sçavante Princesse,
dont la pareille ne fut jamais veuë de leur tems, ni
ne sera, tant que le Ciel et ce qui commande au
dessus donnera vie aux hommes de la terre.

Que diray-je, Sire, des jeunes Princes et Prin-

cesses qui sont yssus de vous? N'y voyt-on pas
desjà reluyre je ne sçay quoy de la grandeur et de
la vaillance du Pere et de la sagesse et chasteté de
la Mere? Mere, di-je, Reyne non seulement d'un
Royaume de France, non seulement alliée d'un
Roy le plus grand, le plus sage et le plus vertueux
des Roys, mais Reyne et maistresse de soi-mesme,
mais elle-mesme la plus grande, la plus sage et
la plus vertueuse des Reynes.

Qui voudroit donq encores desormais nier que
nous ne soyons en un siecle le plus florissant en
toutes vertus qui ayt jamais esté devant nous? Mais
certes si le Regne où nous sommes est fort heureux en son excellance, il ne l'est pas moins pour
être conduit d'un Roy qui le sçaura non seulement
maintenir en son honneur, mais, qui plus est, redoubler sa gloire, de sorte que la posterité qui
viendra après ne nous dira pas moins heureux
qu'elle estimera le Regne heureux pour avoyr esté
gouverné de vous, le plus grand des Roys qui ont
jamais eu commandement.

Voylà, Sire, ce que j'ay peu dire en ma foible
et encore tendre jeunesse, plus émeu d'un desir
de vous faire paroître l'extrême et bouillante affection que j'ay (continuant le bon vouloir de ceux
dont je suis venu) de faire service à votre Majesté
et à ceux de vôtre sang, que pour opinion que
j'eusse de faire mon devoir en une si grande charge,
trop forte certes et trop pesante pour mes pe-

tites et encores mal apprises foiblesses. Mais s'il
plaist à vôtre Majesté de prendre ce peu de commencement comme venant de la part d'un qui
souhaite sus tout de faire à l'avenir quelque chose
de plus digne de vous et de meilleur à la
gloire et avantage de vôtre Regne et de vôtre langue Françoyse, je mettray peine, Sire, avecqués
l'aide et suport de vôtre faveur, de quelquefoys
mieux déduire et d'un plus grand jugement un si
grave et si divin sujet, et, avecques raisons plus
amplement discouruës, faire connoître à la France
combien elle est heureuse d'estre sous l'obeissance
de vôtre Coronne.

DE LA VANITÉ DES HOMMES

Tout ce que l'homme fait, tout ce que l'homme pense
En ce bas monde icy,
N'est rien qu'un vent legier, qu'une vaine esperance
Plaine d'un vain souci.

Que pourroit-il aussi sortir que vanité
De nôtre race humaine,
Quand ce n'est autre chose, à dire verité,
Sinon une umbre vaine?

L'homme mortel n'est rien qu'une simple fumée
Qui passe tout soudain :
Ce n'est rien qu'une poudre à tous vens promenée
Que de ce cors humain.

Où se prendra celuy tant comblé de richesses
　　Qui soit content du sien?
Qui ne souffre en son cœur mille et mille détresses
　　Pour augmenter son bien?

Mais, pauvre homme aveuglé, ne vois-tu les malheurs
　　Que ces grans biens te brassent?
Ne vois-tu les dangers et les tristes douleurs
　　Que tes Palais embrassent?

Le riche volontiers tousjours du mal endure,
　　Du soin et des travaux;
Et puis la pauvreté c'est une chose dure,
　　Regorgeante de maux.

Tout n'est que vanité; car aussi bien la mort
　　A tous, de sa main pasle,
De terre, après avoir faict sus nous son effort,
　　Nous fera part égale.

Que sert donq' au sçavant d'avoir la connoissance
　　D'un sçavoir si très-grand,
Et puisqu'il faut qu'il meure avecques sa science
　　Comme un autre ignorant?

Son sçavoir ne luy sert que de cent mille ennuis
    Qui rongent sa cervelle,
Qui troublent son repos, et les jours et les nuicts,
    D'une angoisse eternelle.

Qui plus a de sçavoir, plus dedans son courage
    Il nourrit de douleur :
Le sçavoir n'est sinon qu'une bourelle rage
    Qui tourmente le cueur.

Le sçavant pense bien vivre par ses écrits
    D'une belle memoire,
Et, bien mille ans après sa mort, gaigner le pris
    D'une immortelle gloire.

L'autre veut plus hautain eternizer sa vie
    Mourant d'un brave effort;
Mais, je vous pry', voyez! quelle étrange folie
    De vivre par la mort!

Des autres la pluspart, qu'un si bouillant desir
    De la gloire ne presse,
Veullent en tout soulas, en jeux et en plaisir
    Se baigner en liesse.

Ce leur est bien assez s'ils goustent les blandices
    D'une fole putain,
Si elle les dorlote, et si par ces delices
    Ilz dorment en son sein.

Mais quelle vanité d'estre si lachement
    Engourdi de paresse,
De voir un homme ainsi dormir si vainement
    Enyvré de mollesse!

Aussi-bien cettui-là qui s'est trop à la femme
    Follement arresté,
A la fin tout honteux n'en aquiert qu'un diffame
    Rempli de vanité.

L'homme ne sçauroit prendre en un jour tant d'ébas,
    Que, devant la soirée,
Il ne die en son cœur, plus de cent fois : Helas!
    Maugreant la journée;

Et le fol au rebours, qui tousjours se tourmente
    Pour peu d'ocasion,
De lui-mesme bourreau vainement se lamente
    Comblé d'afliction.

Maint, piqué vainement d'un désir trop extréme,
    Veut tout voir icy bas :
Il veut connoistre tout ; mais le grand sot, lui-mesme
    Il ne se connoist pas ;

Et maint autre ne veut en aucune saison
    Entreprendre voiage ;
Il ne desire rien que, seul en sa maison,
    Penser à son ménage ;

Et tous deux sont remplis d'une vaine folie ;
    Car l'un incessament
Doute de son salut, l'autre fenne sa vie
    D'un avare tourment.

Mille de leur bon gré se mettent au colier
    Du trompeur mariage,
Et les autres jamais ne se veullent lier
    En ce trop long servage.

Les uns pour leurs enfans ont en leur fantasie
    Mille mordans soucis,
Ou, tourmentez en vain d'une âpre jalousie,
    Ils pallissent transis ;

Les autres, vainement adonnez aux amours,
    Y consomment leur vie;
Mais, vainement deçeus, ils rentrent tous les jours
    En nouvelle folie.

Mille, voulans marcher les premiers ès provinces,
    Cherchent les vains honneurs;
Les autres à la court tâchent d'avoir des Princes
    Les premieres faveurs;

Mais tout est vanité : car l'homme ambitieux
    N'ha repos en sa vie,
Et celui-là qui veut estre mignon des Dieux
    Est sujet à l'envie.

Tout ce que l'homme fait, tout ce que l'homme pense
    En ce bas monde icy,
N'est rien qu'un vent legier, qu'une vaine esperance
    Pleine d'un vain souci.

Fuions doncques, fuions ces trop vaines erreurs,
    Dressons nôtre courage
Vers ce grand Dieu qui seul nous peut rendre vainqueurs
    De ce mondain orage;

Recherchons saintement sa parole fidelle,
 Invoquons sa bonté,
Car, certes, sans cela nôtre race mortelle
 N'est rien que vanité.

———

DE LA CONSTANCE DE L'ESPRIT

Laissons ces regrets et ces pleurs,
Laissons ces trop laches douleurs,
Laissons tous ces cris lamentables
A ces personnes miserables
Qui se tourmentent pour un rien,
Qui, pour un tant soit peu de bien
Qu'ils perdent par quelque fortune,
Se chagrinent d'une rancune
Qui, les rongeant jusques aux os,
Les prive du bien du repos.

C'est à faire au gros peuple ainsi
De prendre tant de vain souci,
De remplir l'air de ses criries,
De ses braïantes hulleries,

27

De pleurer les jours et les nuicts,
De jaunir sa face d'ennuis ;
Mais nous, qui avons congnoissance
De cette mondaine inconstance,
Aurions-nous bien le cœur autant
Qu'un homme du peuple inconstant ?

L'homme est indigne de l'honneur
D'estre dict homme, aiant le cœur
Si lache et bas qui ne peut estre
De ses affections le maître :
Celui qui ne peut endurer
Un ennui sans le moderer
D'une atrempence meure et sage,
Coulant à tout desir volage,
A peine d'un homme parfaict
Ha-il seulement le portraict?

Par pleurs, par criz et par helas
Son mal on ne soulage pas,
Mais bien au contraire la rage
Ne s'en accroit que d'avantage :
Et comme par trop retaster
L'on fait la douleur augmenter
D'une playe encores nouvelle,

Ainsi le mal se renouvelle
Plus cruel, tant plus dans son cueur
L'on en refraichit la douleur.

Mais que sert aussi d'estre en vain
A soi-mesmes tant inhumain?
De s'atrister tant la pensée
Pour une fortune passée?
Mais que servent tant de tourmens?
Tant d'ennuyeux gemissemens?
Pourrions-nous bien en cette sorte
Ranimer la personne morte
Et la deterrer du cercueil,
Vive, aux clameurs de nostre dueil?

Soit que nous vissions de nos yeux
Deux soleils luire dans les cieux,
Le jour au lieu de la nuitée,
La nuit au lieu de la journée,
Les fleuves couler contre-mont,
Le plain montaigne, et plain le mont,
Le feu froid, et chaude la glace,
Un esprit gros, un corps sans masse,
Nous ne devrions aucunement
Nous mouvoir de tel changement.

L'homme qui est constant et fort
Ne se troublera pour la mort
De frere, de sœur, ny de mere ;
De cousin, d'ami, ny de pere,
Et moins pour perte de ses biens
Legers, muables, terriens :
Fut-il banni de sa province,
Par flatteurs mal venu du Prince,
Il doit en son adversité
Estre tel qu'en prosperité,

Cognoissant que ce Dieu parfait,
Qui tout en tout ce monde fait,
Sagement icy bas dispose
De ce que l'homme en vain propose.
Il faut aussi que les destins
Dont il ha mesuré les fins
Prennent leurs cours, sans que l'on pense
En passer d'un doy la puissance ;
Nous devons-nous aussi douloir
De veoir accomplir son vouloir ?

Mais nous à nous-mémes trompeurs,
Nous nous flattons en noz erreurs,
Et d'une mondaine simplesse

Nous aveuglons nôtre sagesse,
Quand, pour un rien d'ocasion
Nous transportans d'affection,
Nous ployons à la moindre halenc
Du vent qui nous mene et remene,
Jouets aux plus petis hazarts,
Qui nous tournent en toutes parts.

On conseille tant bien autruy,
Le voyant prendre de l'ennuy ;
Mais on ne voit user personne
Du conseil qu'aux autres il donne,
Et au besoin defaut le cueur
Mesmes au plus grave enseigneur,
Qui sembloit un roc immuable
Contre fortune variable,
Qui du plus leger changement
L'ébranle tout en un moment.

Ainsi nous sommes mal apris,
Corrompus de sens et d'esprits
Qui desjà s'abreuvans du vice
Dès le laict de nôtre nourrice,
Et couvrans nôtre lacheté
D'une sotte fragilité,

Nous nous lachons dès la jeunesse
A toute frivole paresse,
Languissans tous par union
D'une trop sotte opinion.

Mais, bien plus constans, il nous faut
Avoir le cueur logé plus haut ;
Il nous faut bien au loing distraire
De tout ce grossier populaire,
Qui pour trop prendre de douleur
Brasse lui-mesme son malheur,
Et, faisans d'asseurance teste
A cette mondaine tempeste,
Il nous faut d'un plus brave cueur
R'abaisser toute sa fureur.

DE PARLER PEU

ET DE CELER SON SECRET

O que la langue est un mal dangereux !
Que c'est un mal plein de poison amere !
O que celuy veut vivre malheureux,
Qui parle trop et qui ne se peut taire !

Combien devant que de se hazarder
A prononcer une seule parole,
L'on doit en soy sagement regarder
Si elle est point ou trop libre ou trop fole !

La parole est semblable au coup de trait
Qui est tiré, qui ha desjà fait playe ;
Car lors en vain cettui-là qui l'ha fait
En rompant l'arc de la guerir s'essaye.

Ainsi quand l'homme ha desjà fait sortir
Une parole à son dam avancée,
Il n'est aprés temps de s'en repentir
Depuis qu'elle est une fois prononcée.

Combien voit-on de dangers encourir
Pour quelque bruit d'un faux rapport qui vole ?
Combien voit-on d'hommes braves mourir
A l'appetit d'une seule parole ?

On en voit mil et mil qui, n'ayant peu
Se contenir de parler, se lamentent ;
Mais on en voit au contraire bien peu
Qui, pour se taire, à la fin se repentent.

L'homme est vraiment et sage et vertueux
Qui seulement en lui-mesmes se fie,
Et qui touchant quelque affaire douteux
Ne déclara son secret en sa vie.

Penserions-nous qu'un autre fut secret
A bien celer sagement nôtre affaire,
Quand nôtre cueur folement indiscret
N'a peu lui-mesme à un autre se taire ?

Heureux cent fois et cent fois est celuy
De qui cachée est toute l'entreprise,
Et qui n'en fait participant autruy,
Non en tel cas seulement sa chemise.

Il vaudroit mieux sa chemise brûler
Et trançonner sa langue trop volage,
Couper sa main, que cela fit parler
Encontre soy quelque mauvais langage.

C'est un grand vice ainsi de s'avancer
A parler trop, mesme à son prejudice,
Mais de personne en ses dits offenser,
C'est bien encore un plus extrême vice.

Le mal qui fait de la langue abuser
C'est bien le mal de tous les maux le pire,
Et la vertu qui est plus à priser
C'est de sçavoir beaucoup et de peu dire.

ELEGIE AUX MUSES

SUR LA MORT DU DEFUNT PETIT COMTE DE TONNERRE

HENRY DU BELLAY

Pleurés, Muses! pleurés, Caliope et ta bande!
Pleurés, Muses, pleurés la perte la plus grande
Que vous sçauriés sentir, et le plus grand malheur
Qui arriva jamais pour troubler vôtre cueur!
Pleurés, Muses, pleurés, et d'un son pitoyable
Faites ouyr partout vôtre cri lamentable,
Et sus vos instruments d'un lamentable accord
Traînés des chants piteux des horreurs de la mort!
Pleurés, Muses, pleurés, et vos larmes coulantes

Tombent en vostre sein à l'envi devalantes !
N'ombragés plus vos chefs de verdoyants chapeaux ;
Ostés de dessus vous ces argentins manteaux
Qui voletoient en l'air ; venés échevelées
Sans aucune coronne, et, toutes adeulées,
Couvrés-vous d'un drap noir, demenans un tel dueil
Qu'à châcun de pitié la larme en vienne à l'œil.
Vôtre éclatante voix de hauts sanglots rompue,
Que poussera dehors vôtre poitrine nue,
Et mille gros soupirs témoignent la douleur
Que vous portés ancrée au plus profond du cueur.
Pleurés, Muses, pleurés, et d'une voix dolente
Plaignez de vôtre Enfant la mort trop violente,
Las ! qui vous eust bientost de bon pere servi,
Si la mort ne l'eust point de ce monde ravi,
Et qui docte et vaillant vous eust bientost vengées
De ceux dont à grand tort vous estes outragées ?
De ses peres le nom et celuy qu'il avoit
Semblable à nôtre Roy, jà desjà l'eslevoit
Si brave et courageux, que dès sa tendre enfance
Il nous promettoit d'estre un autre espoir de France.
Combien il estimoit cela que vous pouvez,
Combien il vous aymoit, Muses, vous le sçavez !
Belles, vous sçavez bien combien en son jeune age
Sus tous ceux de son tems il avoit d'avantage.

Tout ce que l'on sçauroit de parfait demander
En un jeune Seigneur, ou soit pour commander
Sans faire tort aux siens, ou de façon honneste
Acorder doucement toute juste requeste,
Aux humbles pour estre humble, aux hautains glorieux,
Pour se monstrer du sang de ses nobles ayeux,
Estoit en cest enfant, qui tenoit davantage
D'un homme grave et meur que d'un enfant volage.
Cet enfant n'avoit rien logé dedans son cueur
Que toutes bonnes mœurs, que ce haut point d'honneur,
Qui le picquoit desjà d'une honorable envie
D'employer noblement pour son Prince sa vie,
S'étant dès le berceau toujours encouragé
De faire vivre en luy son antique Langé,
Ce Langé dont le bruit cessera de s'épandre,
Quand épandre on verra tout ce grand monde en cendre.
Ha! ciel, que t'avons-nous en ce bas monde fait
De nous ravir ainsi tout nôtre plus parfait!
Ha! pauvres malheureux et mal-nés que nous sommes,
Sus tous les animants, nous miserables hommes,
De ne sentir jamais, en cette vie icy,
Que les pertes, les pleurs, le deuil et le soucy!
Pendant que nous vivons, cette aveugle fortune
De ses tours inconstants tousjours nous importune,
Et puis après la mort nous n'y laissons de nous

Qu'une cendre en la tombe et un vain deuil à tous.
Ha, mort! si de ta faux la sacrilege audace
Avoit un peu d'égard sus une noble race,
Si tu ne violois, par ta fiere rigueur,
Ceux qui sont d'entre nous tout le plus grand honneur,
Tu ne devois si-tost meurdrir la tendre enfance
De ce gentil enfant, l'honneur de nôtre France;
Tu ne devrois jamais défaire ceux qui sont
Du nom des Dubellayz et du sang de Clermont,
Du haut sang de Clermont dont l'antique noblesse
Luit aux hautes vertus d'une noble Comtesse,
Mere de cet enfant que tu nous as osté
Ravissant d'icy bas la plus grande beauté,
Mere qui plaint, hélas! et pleure désolée
De son enfant aimé la grace violée,
Qui la plaint à bon droict, et triste la plaindra
Tant que de ses vertus elle se souviendra.
Pleurés, Muses, pleurés, et blesmes de tristesse,
Accompagnés en deuil cette noble Comtesse,
Non elle seulement, mais le peuple François
Qui le regrette tout ensemble d'une voix!
Et qui ne le plaindroit? veu que nôtre Roy mesme,
La Reyne et les plus grands en font un deuil extrême.
Chacun le pleure, fors ceux qui n'entendent rien
A faire jugement ni du mal ni du bien.

Muses, pleurés-le doncq, et par cette Elegie
Faites vivre sa mort d'une immortelle vie.

———

A P. TAHUREAU, SON FRERE

DE L'INCONSTANCE DES CHOSES

On ne voit rien en ces bas lieux
Qui ne soit remply d'inconstance,
Et rien ne couvre ces hauts cieux
Où l'on puisse prendre asseurance.
Comme l'un va, l'autre revient ;
L'un mourant, l'autre prend naissance ;
L'un que la richesse soutient
Soudain la pauvreté menace,
Et l'autre en faveur se maintient,
Qu'on voit bien tost mis hors de grace.

Tantost en la froide saison
La terre se gele endurcie,
La glace resserre en prison

L'eau des rivieres épessie,
Et les gorgettes des oyseaux,
Qui chantoient en douce harmonie
Au printems dessus les rameaux
De quelque verdissant bocage,
Cessent adonq les chants nouveaux
De leur melodieux ramage.

Le petit enfantin de lait
Incontinent commence à croitre,
Et, soudain d'enfant tendrelet
On le voit tout homme aparoitre ;
Puis la vieillesse foiblement
Le fait de ses forces décroitre,
Et le batant incessamment
De langueur et de maladie,
Luy fait quitter en un moment
Le plaisir trompeur de la vie.

L'un pour un tems se veut donner
Songneux aux lettres et au livre,
Puis il se vient abandonner
A quelque plus doux train de vivre ;
Du livre il quitte tout le soin,
Il veut les amourettes suivre ;

Et, chassant tout labeur au loin,
Il fuit la triste solitude,
N'ayant, ce luy semble, besoin
Rien moins qu'à se mettre à l'etude.

Tantost le soudart tient son rang
Et, foudroïant d'un bras horrible,
Il met tout à feu et à sang,
Flambant de cruauté terrible :
Puis Mars apaisant sa fureur,
On voit, dans sa maison paisible,
Vivre le riche laboureur
Sans avoir crainte des gensdarmes,
Ny sans plus trembler de l'horreur
De voir ensanglanter les armes.

L'un, soit à tort, soit à raison,
Soit par fortune hazardeuse,
Honore sa riche maison
De mainte excellence pompeuse,
Pensant bien laisser en honneurs
Sa race à jamais glorieuse ;
Mais souvent ces plus grans seigneurs
Font échange de leur audace
Et de leurs superbes grandeurs

Avecq' une pauvre bezace.

Maint sorti d'un tige hautain,
De quelque maison non commune,
Belitre mandie son pain,
Eprouvant les tours de Fortune ;
Et maint d'un fort bas lieu venu
Jusques aux cieux hausse sa hune ,
Et luy qui étoit inconnu
Nourri pauvrement sous du chaume
Se voit maintefois parvenu
Jusqu'à gouverner un Royaume.

L'un à tout acte vicieux
Hazarde sa fole jeunesse ,
Et de vertu mal curieux
Jamais de faire mal ne cesse ;
Tant qu'il semble désesperé
De quelque vertueuse adresse ;
Toutefois en fin retiré ,
Maitrisant ce desir volage ,
De maintes vertus honoré
On le voit fleurir devant l'age.

Les uns sont maintenant amis ,

Jurez d'alliance fidelle ,
Qu'on voit tout soudain ennemis
Animez d'une ire mortelle :
Maints autres qui ont pourchassé
L'un à l'autre une mort cruelle ,
Aprés avoir un peu passé
Cette colere abhominable ,
Ont tout ce rancueur effacé
Vivans d'amour inviolable.

Maintes choses sont en grand pris
Dont on adore l'excellance ,
Qu'on aura soudain à mépris
Les voyant cheoir en décadence,
Et beaucoup d'autres reviendront
Dont on n'a plus la cognoissance :
Beaucoup de langues reprendront
L'honneur de leur premier usage ,
Et beaucoup des nôtres perdront
La gloire qu'ilz ont de nôtre age.

Cettui-cy se voit honorer
Long tems en une court royalle,
Il voit d'un châcun reverer
Sa grandeur presqu'aux Roys égale ;

Mais un petit rien de malheur
Tost au plus bas lieu le devalle,
Si que luy, qui grand en honneur
Avoit passé toute sa vie,
Finit à la fin en douleur
Ses derniers jours plein d'infamie.

Ainsi de pas tout inconstans
Les hommes roulent en ce monde,
Et toutes choses ont leur temps
Dessous cette machine ronde.
D'entre cent mille on n'en voit point
Un seul qui à l'autre responde ;
Mais si l'on trouve de tout point
Au monde une amour naturelle,
C'est bien celle là qui nous joint
D'une alliance fraternelle.

CONTR'AMOUR

Quelle fureur, tenaillant les esprits,
Fait tristement sangloter tant de cris

A ces sots que l'amour transporte?
Quel vain souci, dont ils vont soupirant,
Les fait brûler, glacer, vivre en mourant,
  Enrager de douleur si forte?

Pauvre aveuglé, pauvre sot amoureux,
Pauvre transi, pauvre fol langoureux,
  Pauvre insensé! quelle furie
Te fait ainsi languissant vainement
Passer en dueil, et combler de tourment
  Ta pauvre et miserable vie?

Mais, pauvre sot, il ne te suffit pas
En un moment sentir mille trépas
  Pour ce fol amour qui t'atize,
Il faut encore en brouiller à milliers
Et mille et mille et mille vains papiers,
  Témoins de ta lourde sottise;

Et puis tu dis qu'un amoureux ne peut
Se dépétrer librement quand il veut
  Des lacs qui retiennent son ame?
Tu dis que c'est un si plaisant malheur
Qu'on n'en sçauroit refuser la douleur
  Quoyqu'en soit cruelle la flamme?

On ne sçauroit de vray la refuser
Quand de son gré l'on s'y veut abuser,
  Causant soy-mesme son martyre :
Que peut servir au blessé le conseil
Quand, dédaignant du barbier l'appareil,
  Luy-mesme ses playes dessire ?

Est-ce pas bien se défaire d'un laz
Quand, s'y meslant de jambes et de bras,
  Toujours plus fort on s'y avance ?
Est-ce pas bien à bon port se ranger,
Quand, d'un naufrage evitant le danger,
  Au meillieu d'un gouffre on s'élance ?

Tel en son mal est l'Amoureux transi,
Contre raison tousjours plus endurci,
  Tant plus la raison le conseille :
De peur de voir, il ferme ses deux yeux ;
De peur d'ouyr ses actes vicieux,
  Il bouche obstiné son oreille.

Remontrés-luy que tous ses beaux écrits,
Ses pleurs, soupirs, ses regrets et ses criz
  Servent à sa Dame de fable,
Plus que jamais d'encre il regâtera

Et de clameurs folement jettera
     Trop plus qu'auparavant moquable.

Remontrés-luy qu'il n'est rien qui soit tant
Leger, volage, à tous vens inconstant
     Qu'est une amante en sa promesse ;
De plus en plus il se lairra piper,
Et, depourveu de tout bon sens, tromper,
     Mal appris en l'amour traistresse.

Remontrés lui comme il n'est plus à soi
Et que pour prendre en son cueur tant d'esmoi
     Il vit sous une autre puissance,
De plus en plus en l'amour tourmenté,
On le verra perdre sa liberté
     Flatté d'une vaine esperance.

Jamais la nuit il ne peut sommeiller,
Jamais le jour il ne sçauroit veiller,
     Sans penser en mille tristesses ;
S'il veut aller, il ne peut faire un pas,
Et s'il s'arrête, en mille et mille hélas
     Il pleure ses foles détresses.

Quand il faut rire, il se fond tout en deul ;

Il cherche autruy, il veut estre tout seul,
　　Se bannissant de compagnie;
Il meurt de fain, il ne sauroit manger;
Il courbe au faix, et ne veut s'aleger
　　Du pesant fardeau qui l'ennuye.

S'il veut tenir secrète sa douleur,
Un regard triste, une blesme pâleur,
　　Une contenance égarée,
Un parler froid et fort mal assuré
Montrent assés du pauvre adoulouré
　　L'ame d'amour alangourée.

Tantost il veut ses cheveux frisoter,
Se parfumer, se tiffer, mignoter,
　　Polir ses mains et son visage;
Cette façon tout soudain lui déplait,
Et, de luy-mesme ennemi, ne se plait
　　Qu'à forcener en son courage:

S'il aperçoit qu'un autre ait la faveur
De ses amours, lors, mangé de ranqueur,
　　Tout écumant de frénésie,
Il crevera, de son heur envieux,
Et, martelant son cerveau furieux,

Il brûlera de jalousie.

Fuyons, fuyons à ses amours cuisans,
Gardons-nous bien le meilleur de nos ans
  En erreurs si folles dependre ;
Fuyons ces sots, leurs larmes et leurs criz,
Et travaillons à faire des écrits
  Où noz neveux puissent apprendre !

NOTES

Page 3, vers 1. — Le sonnet de Baïf est la traduction des vers grecs du même auteur qui le précèdent ; J. Taron les a imités en latin, p. 180.

P. 5, v. 8. — Les éditions posthumes portent :

Est de se *prendre* en un si doux naufrage.

La variante *perdre* est évidemment la meilleure.

P. 6, v. 13. — *Celui-là qui en errant*. Ponthus de Tyard de Bissy, auteur des *Erreurs amoureuses*.

P. 9, v. 3. — D'après ce sonnet, ce fut un mardi gras, au bal, que Tahureau devint amoureux de celle à qui le sort l'avait donné pour cavalier.

P. 11, v. 9. — *Avier*, faire vivre.

P. 14, v. 13. — Un poëte de la même époque, Guy de Tours, a dépeint en vers cette promenade et nommé les dames qui la fréquentaient, entre autres l'Admirée de Tahureau. — Voir la notice au commencement du t. 1er.

P. 18, v. 6. — *Tu m'engennes*, allusion au nom de sa dame, qui s'appelait de Gennes.

P. 119, v 13. — *Soulassant*, consolant, de *solatium*, d'où *soulas* et *soulasser*.

P. 22, v. 4. — Baïf et Tahureau aimaient les deux sœurs.

P. 23, v. 3. — Il était allé à la guerre pour fuir ses amours.

P. 24, v. 5. — Ce sonnet fait allusion aux belles chantées par les poëtes d'alors : la Meline, de Baïf: la Cassandre, de Ronsard ; l'Olive, de Du Bellay.

P. 26, v. 13. — Le vautour qui rongeait Prométhée.

P. 26, v. 16. — *Chevaler*, terme de vénerie : tromper, abuser.

P. 40, ode II. — Le dieu Sonne-Lyre, Apollon ; l'amante de Nacisse, Écho ; l'honneur de Cyllene, Mercure.

P. 40, v. 12. — *Poste*, dispos, léger.

P. 45. — L'idée de cette ode est prise des *Héroïdes* d'Ovide et du poëme de Musée le grammairien, traduit quatorze ans auparavant par Clément Marot.

P. 45, v. 14 :

Parcite dum propero ; mergite dum redeo.

(MARTIALIS, in *Amphit.*, 25.)

P. 58, v. 1. — Ce Terpandre françois est Ronsard. Dans son nom grécisé, Πετρος ο Ρονσαρδος, les anagrammatistes avaient trouvé Σως ο Τερπανδρος. — Le Florentin est Pétrarque, dont le père était de Florence.

P. 72, v. 3. — La Tour quarrée. Le donjon de Plessis-lès-Tours, où l'on renfermait les prisonniers d'État.

P. 72, v. 14. — *Ce doux Harpeur*, Thalès ou Thalètas, musicien et poëte lyrique, né en Crète, fut appelé par les Spartiates, que déchiraient les dissensions intestines. Ses chants religieux calmèrent les factions. Selon les uns, il fut antérieur à Homère ; d'autres le font vivre beaucoup plus tard.

P. 99, v. 20. — Il y a, dans l'original : *Philosopher aux cieux*. Le sens demande : *des*.

P. 107, v. 7. — Les jardins de Méudon, près Paris, étaient alors célèbres par leur beauté. On y voyait des grottes, des fontaines, des ruines factices, etc.

P. 118, v. 19. — *La cottelette*, c'est le jupon, le cotillon.

P. 121, v. 16. — *Verdugade, vertugade,* ou *vertugale* (de l'espagnol *vertugado*). C'était un gros et large bourrelet que portaient les femmes au-dessous de leur corps de robe. — Le vertugadin, la vasquine, le hocheplis, le plisson, dont on a fait plus tard le *polisson,* les paniers, la tournure, la crinoline, en ont été les transformations successives.

P. 132, v. 2. — L'ordre dont il parle ne peut être que celui de Saint-Michel, institué par Louis XI en 1469. L'ordre du Saint-Esprit ne fut institué que plus tard, en 1579, par Henri III.

P. 134, v. 8. — *Dementant* n'est pas ici le participe du verbe *démentir,* mais de *dementer (dementare)* rendre fou. Ce mot hors d'usage est regrettable.

P. 139, v. 16. — Les éditions posthumes, au lieu de : *Ou vous paisse, s'il vous plaist,* portent : *Ou vous paisse seulement.*

P. 146, v. 21. — *La ronde verdugade,* la crinoline du XVIe siècle. Voir ci-dessus la note sur la page 121.

P. 150, v. 9. — *Prouver.* On dirait aujourd'hui *éprouver.*

P. 155, v. 5. — *Napleusement,* à cause de la *lues venerea,* que les Français appelaient mal de Naples, et les Napolitains mal français.

P. 155, v. 13. — *Perrière,* carrière à pierres.

P. 157, v. 9. — Lycambe ayant promis sa fille Néobulé au poëte Archiloque, puis s'étant dédit, celui-ci inventa le vers iambique pour écrire contre le père et la fille, qui se pendirent de désespoir.

P. 159, v. 9. — *Le branle* est le nom générique de toutes les danses où un ou deux danseurs conduisent les autres. — Notre moderne *cotillon* est un branle.

P. 171, v. 10. — L'Huisne prend sa source à Saint-Hilaire-de-Souray (Orne), passe à Nogent-le-Rotrou, à Montfort, et se jette dans la Sarthe au-dessus du Mans.

P. 183. — Le titre de l'édition originale in-4° porte la marque de Maurice de Laporte : un médaillon qui représente le philosophe Bias sortant *de la porte* d'une ville en flamme avec cette devise : *Omnia mea mecum porto.* Double allusion au nom du typographe.

P. 186, ligne 2. — Dans l'édition originale, on lit : « supplirez. » On a cru devoir mettre « supplérez ».

P. 187. — Il n'y a aucune espèce d'alinéas dans le discours au Roy. On en a introduit quelques-uns pour soulager l'œil et l'esprit du lecteur.

P. 190, l. 7. — Henri II, lors de son avénement, avait fait une ordonnance *contre tous meurdres et assasignements qui se font journellement en ce royaume.* Le bon peuple célébra par des fêtes cette loi, qui ne fut pourtant guère observée. Voici un fragment d'une chanson de l'époque :

> Le Roy à tous commande
> De suyvir l'ordonnance
> Ainsy qu'elle s'ensuyt,
> Qu'à celuy qui faict meurtre
> Que chacun sur luy queure
> Pour le prendre et pugnir...

Chansons nouvellement composées... Paris, J. Bonfons, 1548, in-16, gothique. — Elles ont été réimprimées en *fac-simile* chez Baillieu, à Paris.

P. 201. — Quelques années auparavant, J. Du Bellay, dans *La Deffence et illustration de la langue françoise*, avait avancé les mêmes idées que Tahureau ; mais il n'avait pas osé aller si loin et proclamer la supériorité de la langue française sur les latine et grecque. La comparaison est curieuse à faire entre les deux discours.

P. 216, l. 5. — L'Élégie sur la mort d'Henri du Bellay n'a pas été reproduite dans les éditions du XVIe siècle.

TABLE

Imprimé par D. JOUAUST

POUR LA COLLECTION

DU CABINET DU BIBLIOPHILE

MARS 1870

www.ingramcontent.com/pod-product-compliance
Lightning Source LLC
Chambersburg PA
CBHW070502030726
47503CB00004B/1144